www.ingramcontent.com/pod-product-compliance
Lightning Source LLC
LaVergne TN
LVHW021228080526
838199LV00089B/5874
* 9 7 8 9 3 6 9 0 8 0 3 0 4 *

نایاب اردو افسانے

(حصہ: 1)

مرتبہ:
فاروق ارگلی

© Farooq Argali

Naayaab Urdu Afsane - Part:1 *(Short Stories Anthology)*
by: Farooq Argali
Edition: May '2025
Publisher :
Taemeer Publications LLC (Michigan, USA / Hyderabad, India)

ISBN 978-93-6908-030-4
9 789369 080304

مرتب یا ناشر کی پیشگی اجازت کے بغیر اس کتاب کا کوئی بھی حصہ کسی بھی شکل میں بشمول ویب سائٹ پر اَپ لوڈنگ کے لیے استعمال نہ کیا جائے۔ نیز اس کتاب پر کسی بھی قسم کے تنازع کو نمٹانے کا اختیار صرف حیدرآباد (تلنگانہ) کی عدلیہ کو ہو گا۔

© فاروق ارگلی

کتاب	:	**نایاب اردو افسانے** (حصہ: 1)
مرتب	:	**فاروق ارگلی**
صنف	:	فکشن
ناشر	:	تعمیر پبلی کیشنز (حیدرآباد، انڈیا)
سالِ اشاعت	:	۲۰۲۵ء
صفحات	:	۱۰۶
سرورق ڈیزائن	:	تعمیر ویب ڈیزائن

فہرست

(۱) کفن	پریم چند	6
(۲) آنندی	غلام عباس	15
(۳) میلہ گھومنی	علی عباس حسینی	32
(۴) زبان بے زبانی	اختر حسین رائے پوری	38
(۵) ٹوبہ ٹیک سنگھ	سعادت حسن منٹو	54
(۶) میری موت	خواجہ احمد عباس	62
(۷) لاجونتی	راجندر سنگھ بیدی	76
(۸) درزی	حجاب امتیاز علی	90
(۹) دو ہاتھ	عصمت چغتائی	97

پریم چند

کفن

جھونپڑے کے دروازے پر باپ اور بیٹا دونوں ایک بجھے ہوئے الاؤ کے سامنے خاموش بیٹھے ہوئے تھے اور اندر بیٹے کی نوجوان بیوی بدھیا دردِ زہ سے پچھاڑیں کھا رہی تھی۔ اور رہ رہ کر اس کے منہ سے ایسی دل خراش صدا نکلتی تھی کہ دونوں کلیجہ تھام لیتے تھے جاڑوں کی رات تھی نضا سناٹے میں غرق، سارا گاؤں تاریکی میں جذب ہوگیا تھا۔

گھیسو نے کہا۔ ''معلوم ہوتا ہے بچے گی نہیں۔ سارا دن تڑپتے ہوگیا۔ جا دیکھ تو آ۔'' مادھو دردناک لہجے میں بولا۔ ''مرنا ہے تو جلدی مر کیوں نہیں جاتی۔ دیکھ کر کیا آؤں؟''

''تو بڑا بیدرد ہے بے! سال بھر اسکے ساتھ جندگانی کا سکھ بھوگا اسی کے ساتھ اتنی بے وپھائی؟''

''تو مجھ سے تو اس کا تڑپنا اور ہاتھ پاؤں پٹکنا نہیں دیکھا جاتا۔''

چماروں کا کنبہ تھا اور سارے گاؤں میں بدنام۔ گھیسو ایک دن کام کرتا تو تین دن آرام۔ مادھو اتنا کام چور تھا کہ گھنٹہ بھر کام کرتا تو گھنٹہ بھر چلم پیتا۔ اس لیے انھیں کوئی رکھتا نہیں تھا۔ گھر میں مٹھی بھر اناج ہوتو ان کے لیے کام کرنے کی قسم تھی۔ جب دو ایک فاقے ہوجاتے تو گھیسو درختوں پر چڑھکر لکڑیاں توڑ لاتا اور مادھو بازار میں بیچ آتا اور جب تک وہ پیسے رہتے دونو اِدھر اُدھر مارے مارے پھرتے۔ جب فاقے کی نوبت آجاتی تو پھر لکڑیاں توڑتے یا کوئی مزدوری تلاش کرتے۔ گاؤں میں کام کی کمی نہیں تھی۔ کاشتکاروں کا گاؤں تھا۔ محنتی آدمی کے لئے پچاس کام تھے۔ مگر ان دونوں کو لوگ اسی وقت بلاتے جب دو آدمیوں سے ایک کا کام پاکر بھی قناعت کر لینے کے سوا اور کوئی چارا نہ ہوتا۔ کاش دونو سادھو ہوتے تو انھیں قناعت اور توکل کرنے کے لئے ضبط

نفس کی مطلق ضرورت نہ ہوتی ۔ یہ ان کی خلقی صفت تھی عجیب زندگی تھی ان لوگوں کی گھر میں مٹی کے دو چار برتنوں کے سوا کوئی اثاثہ نہیں ۔ پھٹے چیتھڑوں سے اپنی عریانی ڈھانکے ہوئے دنیا کے مکروں سے آزاد، قرض سے لدے ہوئے ۔ گالیاں بھی کھاتے تھے مگر کوئی غم نہیں ۔ مسکین اتنے کہ وصولی کے مطلق امید نہ ہونے پر بھی لوگ انھیں کچھ نہ کچھ قرض دے دیتے تھے ۔ مٹر یا آلو کی فصل میں کھیتوں سے مٹر یا آلو اکھاڑ لاتے اور بھون بھون کر کھاتے' یا دس پانچ او کھ توڑ لاتے اور راتوں کو چوستے ۔ گھیسو نے اسی زاہدانا انداز سے ساٹھ سال کی عمر کاٹ دی اور مادھو بھی سعادت مند بیٹے کی طرح باپ کے نقشے قدم پر چل رہا تھا ۔ بلکہ اس کا نام اور بھی روشن کر رہا تھا اس وقت بھی دونوں الاؤ کے سامنے بیٹھے آلو بھون رہے تھے ۔ جو کسی کے کھیت سے کھود کر لائے تھے ۔ گھیسو کی بیوی کا تو مدت ہوئی انتقال ہو گیا تھا ۔ مادھو کی شادی پچھلے سال ہوئی تھی ۔ جب سے یہ عورت آئی تھی اس نے اس خاندان میں تمدن کی بنیاد ڈالی تھی ۔ پسائی کر کے گھاس چھیل کر وہ سیر بھر آٹے کا بھی انتظام کر لیتی ۔ اور ان دونو بے غیرتوں کا دوزخ بھرتی رہتی تھی ۔ جب سے وہ آئی یہ دونوں اور بھی آرام طلب اور آلسی ہو گئے تھے بلکہ کچھ اکڑنے بھی لگے تھے ۔ کوئی کام کرنے کو بلاتا تو بے نیازی شان سے دوگنی مزدوری مانگتے ۔ وہی عورت آج صبح سے درد سے مر رہی تھی ۔ اور یہ دونوں شاید اسی انتظار میں تھے کہ یہ مرجائے تو آرام سے سوئیں ۔

گھیسو نے آلو نکال کر چھیلتے ہوئے کہا۔ '' جا کر دیکھ تو کیا حالت ہے اس کی ۔ چڑیل کا پھساد ہوگا ۔ اور کہاں یہاں تو اوجھا بھی ایک روپیہ مانگتا ہے کس کے گھر سے آئے ؟'' مادھو کو اندیشہ تھا کہ وہ کوٹھری میں گیا تو گھیسو آلوؤں کا بڑا حصہ صاف کر دے گا ۔ بولا ۔ '' مجھے وہاں ڈر لگتا ہے ۔''

'' ڈر کس بات کا ہے میں تو یہاں ہوں ہی ۔''

'' تو تم ہی جا کر دیکھو نا ۔''

'' میری عورت جب مری تھی تو میں تین دن اس کے پاس سے ہلا بھی نہیں ۔ اور پھر مجھ سے لجائے گی نہیں ۔ کبھی اس کا منہ نہیں دیکھا ؛ آج اس کا اگھرا ہوا بدن دیکھوں ، اسے تن کی سدھ بھی تو

نہ ہوگی مجھے دیکھ لے گی تو کھل کر ہاتھ پاؤں بھی نہ پٹک سکے گی۔"

"میں سوچتا ہوں کوئی بال بچہ ہو گیا تو کیا ہوگا۔ سونٹھ، گُو، تیل کچھ تو نہیں گھر میں۔"

"سب کچھ آئے گا۔ بھگوان بچہ دے تو ___ جو لوگ ابھی پیسہ نہیں دے رہے ہیں وہی تب بلا کر دیں گے۔ میرے نو لڑکے ہوئے، گھر میں کبھی کچھ نہ تھا مگر اسی طرح ہر بار کام چل گیا۔"

جس سماج میں رات دن کام کرنے والوں کی حالت ان کی حالت سے کچھ بہت اچھی نہ تھی، اور کسانوں کے مقابلے میں وہ لوگ جو کسانوں کی کمزوریوں سے فائدہ اٹھانا جانتے تھے، کہیں زیادہ فارغ البال تھے وہاں اس قسم کی ذہنیت کا پیدا ہو جانا کوئی تعجب کی بات نہ تھی۔ ہم تو کہیں گے گھیسو کسانوں کے مقابلے میں زیادہ باریک بین تھا۔ اور کسانوں کی تہی دماغ جمعیت میں شامل ہونے کے بدلے شاطروں کی فتنہ پرداز جماعت میں شامل ہو گیا تھا۔ ہاں اس میں یہ صلاحیت نہ تھی کہ شاطروں کے آئین و آداب کی پابندی بھی کرتا۔ اس لئے جہاں اس کی جماعت کے لوگ گاؤں کے سرغنہ اور مکھیاں بنے ہوئے تھے اس پر سارا گاؤں انگشت نمائی کرتا تھا۔ پھر بھی اسے یہ تسکین تو تھی ہی کہ اگر وہ خستہ حال ہے تو کم از کم اسے کسانوں کی سی جگرتوڑ محنت تو نہیں کرنی پڑتی۔ اور اس کی سادگی اور بے زبانی سے دوسرے فائدہ تو نہیں اٹھاتے۔

دونوں آلو نکال کر جلدی جلدی کھانے لگے۔ کل سے کچھ نہیں کھایا تھا۔ اتنا صبر نہ تھا کہ انھیں کچھ ٹھنڈا ہو جانے دیتے۔ کئی بار دونوں کی زبانیں جل گئیں۔ جل جانے پر آلو کا بیرونی حصہ تو بہت زیادہ گرم نہ معلوم ہوتا تھا۔ لیکن دانتوں کے تلے پڑتے ہی اندر کا حصہ زبان اور تالو حلق کو جلا دیتا۔ اور اس انگارے کو منہ میں رکھنے سے زیادہ خیریت اسی میں تھی کہ وہ اندر پہنچ جائے۔ وہاں اسے ٹھنڈا کرنے کے لئے کافی سامان تھا۔ اس لئے دونو جلدی جلدی نگل جاتے۔ حالانکہ اس کوشش میں اُن کی آنکھوں سے آنسو نکل آتے۔

گھیسو کو اس وقت ٹھاکر کی برات یاد آئی۔ جس میں بیس سال پہلے وہ گیا تھا۔ اس دعوت میں اسے جو سیری نصیب ہوئی وہ اس کی زندگی میں ایک یادگار واقعہ تھی۔ اور آج بھی اس کی یاد

تازہ تھی۔ بولا۔ ''وہ بھوج نہیں بھولتا تب سے پھر اس طرح کا کھانا اور بھر پیٹ نہیں ملا۔ لڑکی والوں نے سب کو پوڑیاں کھلائی تھیں۔ چھوٹے بڑے سب نے پوڑیاں کھائی اور اصلی گھی کی چٹنی ہدائتہ، تین طرح کے سوکھے ساگ۔ ایک رسہ دار ترکاری۔ دہی، چٹنی، مٹھائی، اب کیا بتاؤں کے اس بھوج میں کتنا سواد ملا۔ کوئی روک نہیں تھی جو چیز چاہوں مانگو اور جتنا چاہو کھاؤ۔ لوگوں نے تو ایسا کھایا' ایسا کھایا کہ کسی سے پانی نہ پیا گیا۔ مگر پروسنے والے ہیں کہ سامنے گرم گرم گول گول مہکتی کچوڑیاں ڈالے دیتے ہیں۔ منع کرتے ہیں کہ نہیں چاہیے۔ پتّل کو ہاتھ سے روکے ہوئے تھے مگر وہ ہیں کے دئے جاتے ہیں۔ اور جب سب نے منہ دھولیا تو ایک ایک بیڑا پان بھی ملا۔ مگر مجھے پان لینے کی سُدھ کہاں تھی، کھڑا نہ ہوا جاتا تھا۔ چٹ پٹ جا کر اپنے کمبل پر لیٹ گیا۔ ایسا دریا دل تھا وہ ٹھاکر'۔

مادھو نے ان تکلفات کا مزہ لیتے ہوئے کہا کہ ''اب ہمیں کوئی ایسا بھوج کھلاتا۔''

''اب کوئی کیا کھلائے گا وہ زمانہ دوسرا تھا۔ اب تو سب کو کھمایت سوجھتی ہے۔ سادی بیاہ میں مت کھرچ کرو۔ کریا کرم میں مت کھرچ کرو۔ ہر کھرچ میں کھمایت سوجھتی ہے۔''

''تم نے ایک بیس پوڑیاں کھائی ہوں گی۔''

''بیس سے زیادہ کھائی تھیں۔''

'' میں پچاس کھا جاتا۔''

''پچاس سے کم میں نے بھی نہ کھائی ہوں گی۔ اچھا پٹھا تھا۔ تو اس کا آدھا بھی نہیں ہے۔''

آلو کھا کر دونوں نے پانی پیا اور وہیں الاؤ کے سامنے اپنی دھوتیاں اوڑھ کر پاؤں پیٹ میں ڈالے سو رہے تھے جیسے دو بڑے اژدر گنڈلیاں مارے پڑے ہوں اور بدھیا ابھی تک کراہ رہی تھی۔

(۲)

صبح کو مادھو نے کوٹھری میں جا کر دیکھا۔ تو اس کی بیوی ٹھنڈی ہو گئی تھی۔ اس کے منہ پر

نتھیاں بھنک رہی تھیں پتھرائی ہوئی آنکھیں اوپر ٹنگی ہوئی تھی سارا جسم خاک میں لت پت ہو رہا تھا ۔ اس کے پیٹ میں بچہ مر گیا تھا۔

مادھو بھاگا ہوا گھیسو کے پاس گیا۔ پھر دونوں زور زور سے ہائے ہائے کرنے اور چھاتی پیٹنے لگے۔ پڑوس والوں نے یہ آہ وزاری سنی تو دوڑے ہوئے آئے اور رسم قدیم کے مطابق غم زدوں کی تشفی کرنے لگے۔

مگر زیادہ رونے دھونے کا موقع نہ تھا۔ کفن اور لکڑی کی فکر تھی۔ گھر میں تو پیسہ اس طرح غائب تھا۔ جیسا چیل کے گھونسلے سے مانس۔

باپ بیٹے روتے ہوئے گاؤں کے زمینداروں کے پاس گئے وہ ان دونوں کی صورت سے نفرت کرتے تھے ۔کئی بار انھیں اپنے ہاتھوں سے پیٹ چکے تھے' چوری کی علت میں، وعدے پر کام پر نہ آنے کی علت میں، پوچھا۔کیا ہے بے گھسوا۔ روتا کیوں ہے ؟ اب تو تیری صورت ہی نظر نہیں آتی ۔ اب معلوم ہوتا ہے کہ تم اس گاؤں میں رہنا نہیں چاہتے۔''

گھیسوا نے زمین پر سر رکھ کر، آنکھوں میں آنسو بھرتے ہوئے کہا' سرکار بڑی مصیبت میں ہوں مادھو کی گھر والی رات گزر گئی؛ دن بھر تڑپتی رہی سرکار۔ آدھی رات تک ہم دونوں اس کے سرہانے بیٹھے رہے ۔دوا دارو جو کچھ ہوا سب کچھ کیا ۔مگر وہ ہمیں دگا دے گئی۔ اب کوئی ایک روٹی دینے والا نہ رہا۔ مالک تباہ ہو گئے، گھر اُجڑ گیا۔ آپ کا گلام ہوں۔ اب آپ کے سوا اس کی مٹی کون پار لگائے گا۔ ہمارے ہاتھ میں جو کچھ تھا وہ دوا دارو میں اُٹھ گیا۔ سرکار کی ہی دیا ہو گی تو اس کی مٹی اُٹھے گی۔ آپ کے سوا اور کس کے دوار پر جاؤں؟''

زمیندار صاحب رحم دل آدمی تھے مگر گھیسو پر رحم کرنا کالے کمبل پر رنگ چڑھانا تھا۔ جی میں تو آیا کہہ دیں۔

''چل دور ہو یہاں سے لاش گھر میں رکھ سڑا، یوں تو بلانے سے بھی نہیں آتا۔ آج جب غرض پڑی تو آ کر خوشامد کر رہا ہے۔ حرام خور کہیں کا بدمعاش۔'' مگر یہ غصہ یا انتقام کا موقع نہیں تھا

دو روپے نکال کر پھینک دئے۔ مگر تشفی کا ایک بھی کلمہ منھ سے نہ نکلا۔ اس کی طرف تا کا تک نہیں؛ گویا سر کا بوجھ اتارا ہو۔

جب زمیندار صاحب نے دو روپیہ دئے تو گاؤں کے بنئے مہاجنوں کو انکار کی جرأت کیوں کر ہوتی۔ گھیسو زمیندار کے نام سے ڈھنڈورا پیٹتا جاتا تھا۔ کسی نے دو آنے دیئے۔ کسی نے چار آنے۔ ایک گھنٹے میں گھیسو کے پاس پانچ روپے کی معقول رقم جمع ہوگئی۔ کسے نے غلّہ دیا اور کسی نے لکڑی، اور دو پہر کو گھیسو اور مادھو بازار سے کفن لانے چلے ادھر بانس وانس کاٹنے لگے۔

گاؤں کی رقیق القلب عورتیں لاش آ آ کر دیکھتی تھیں اور اس کی بے بسی پر دو بوند آنسو بہا کر چلی جاتی تھیں۔

(۳)

بازار میں پہنچ کر گھیسو بولا۔ ''لکڑی تو اسے جلانے بھر کو مل گئی ہیں کیوں مادھو!'' مادھو بولا۔

''ہاں لکڑی تو بہت ہے۔ اب کفن چاہئے۔''

'' تو کوئی ہلکا سا کفن لے لیں۔''

''ہاں اور کیا۔ لاش اٹھتے اٹھتے رات ہو جائے گی رات کو کفن کون دیکھتا ہے۔'' کیسا بُرا رواج ہے کہ جسے جیتے جی تن ڈھانکنے کو چیتھڑا بھی نہ ملے اُسے مرنے پر نیا کفن چاہئے۔''

''کفن لاش کے ساتھ جل ہی تو جاتا ہے۔''

''اور کیا رکھا ہے۔ یہی پانچ روپیہ ملتے تو کچھ دوا دارو کرتے۔''

دونوں ایک دوسرے کے دل کا ماجرا معنوی طور پر سمجھ رہے تھے۔ بازار میں اِدھر اُدھر گھومتے رہے۔ یہاں تک شام ہوگئی دونوں اتفاق سے یا عمداً ایک شراب خانے کے سامنے آپہنچے اور گویا کسی طے شدہ فیصلے کے مطابق اندر گئے۔ اور ذرا دیر تک دونوں تذبذب کی حالت میں کھڑے رہے۔ پھر گھیسو نے ایک بوتل شراب کی لی۔ کچھ گزک' اور دونوں برآمدے میں بیٹھ کر پینے لگے۔

کئی کُجیاں پیہم پینے کے بعد دونوں سرور میں آ گئے۔

گھیسو بولا کفن لگانے سے کیا ملتا۔ آ کھر جل ہی تو جاتا ہے۔ کچھ بہو کے ساتھ تو نہ جاتا۔"

مادھو آسمان کی طرف دیکھ کر بولا۔ گویا فرشتوں کو اپنی معصومیت کا یقین دلا رہا ہو۔

"دُنیا کا دستور ہے۔ یہیں لوگ بامنوں کو ہجاروں کیوں دے دیتے ہیں۔ کون دیکھتا ہے پرلوک میں ملتا ہے کہ نہیں۔"

"بڑے آدمیوں کے پاس دھن ہے پھونکیں۔ ہمارے پاس پھونکنے کو کیا ہے؟"

"لیکن لوگوں کو جواب کیا دو گے؟ لوگ پوچھیں گے نہیں کہ کپھن کہاں ہے؟"

گھیسو ہنسا۔" کہہ دیں گے کہ روپیہ کمر سے کھسک گئے۔ بہت ڈھونڈا ملے نہیں۔"

مادھو بھی ہنسا۔ اس غیر متوقع خوش نصیبی پر قدرت کو اس طرح شکست دینے پر بولا۔

"بڑی اچھی تھی بیچاری۔ مری بھی تو خوب کھلا پلا کر۔"

آدھی بوتل سے زیادہ ختم ہو گئی۔ گھیسو نے دو سیر پوڑیاں منگوائیں۔ گوشت اور سالن اور چٹ پٹ کلیجیاں اور تلی ہوئی مچھلیاں۔ شراب خانے کے سامنے ہی دوکان تھی۔ مادھو لپک کر دو پتلوں میں ساری چیزیں لے آیا۔ پورے ڈیڑھ روپیہ خرچ ہو گئے۔ صرف تھوڑے سے پیسے بچ رہے تھے۔

دونوں اس وقت اس شان سے بیٹھے ہوئے پوڑیاں کھا رہے تھے جیسے جنگل میں کوئی شیر اپنا شکار اُڑا رہا ہو۔ نہ جواب دہی کا خوف تھا نہ بدنامی کی فکر۔ ضعف کے ان مراحل کو انہیں نے بہت پہلے طے کر لیا تھا۔ گھیسو فلسفیانہ انداز سے بولا۔" ہماری آتما پرسن ہو رہی ہے تو کیا اسے پُن نہ ہوگا۔"

مادھو نے فرقِ عقیدت جھکا کر تصدیق کی۔" جرور سے جرور ہوگا۔" بھگوان تم انتر جامی (علیم) ہو۔ اسے بیکنٹھ لے جانا۔ ہم دونوں ہردے سے اسے دعا دے رہے ہیں۔ آج جو بھوجن ملا وہ کبھی عمر بھر نہ ملا تھا۔"

ایک لمحہ کے بعد مادھو کے دل میں ایک تشویش پیدا ہوئی۔

کیوں دادا ہم لوگ بھی تو ایک نہ ایک دن وہاں جائیں گے ہی۔"

گھیسو نے اس طفلانہ سوال کا جواب نہ دیا۔ مادھو کی طرف پر ملامت انداز سے دیکھا۔

"جو وہاں ہم لوگوں سے وہ پوچھے گی کہ تم نے ہمیں کپھن کیوں نہیں دیا تو کیا کہو گے؟"

"کہیں گے تمہارا سر۔"

"پوچھے گی تو جرور۔"

"تو کیسے جانتا ہے کہ اسے کفن نہ ملے گا۔ تو مجھے ایسا گدھا سمجھتا ہے۔ میں ساٹھ سال دُنیا میں کیا گھاس کھودتا رہا ہوں۔ اس کو کفن ملے گا اور اس سے بہت اچھا ملے گا جو ہم دیتے۔"

مادھو کو یقین نہ آیا۔ بولا۔ "کون دے گا؟ روپے تو تم نے چٹ کر دیئے۔"

گھیسو تیز ہو گیا۔ "میں کہتا ہوں اسے کپھن ملے گا تو مانتا کیوں نہیں۔"

"کون دے گا بتاتے کیوں نہیں۔"

"وہی لوگ دیں گے جنہوں نے اب کی دیا۔ ہو ہاں وہ روپیہ ہمارے ہاتھ نہ آئیں گے۔ اور اگر کسی طرح آ جائیں تو پھر ہم اسی طرح یہاں بیٹھے پئیں گے۔ اور کپھن تیسری بار ملے گا۔"

جوں جوں اندھیرا بڑھتا تھا۔ اور ستاروں کی چمک تیز ہوتی تھی، مے خانے کی رونق بھی بڑھتی جاتی تھی۔ کوئی گاتا تھا، کوئی لہکتا تھا۔ کوئی اپنے رفیق کے گلے لپٹا جاتا تھا۔ کوئی اپنے دوست کے منہ سے ساغر لگائے دیتا تھا۔ وہاں کی فضا میں سرور تھا۔ ہوا میں نشہ۔ کتنے تو چلو میں اُلو ہو جاتے ہیں۔ یہاں آئے تھے صرف خود فراموشی کا مزا لینے کے لئے۔ شراب سے زیادہ یہاں کی ہوا سے مسرور ہوتے تھے۔ زیست کی بلا یہاں کھینچ لاتی تھی۔ اور کچھ دیر کے لئے وہ بھول جاتے تھے کہ وہ زندہ ہیں یا مردہ ہیں یا زندہ در گور۔

اور یہ دونوں باپ بیٹے اب بھی مزا لے لے چسکیاں لے رہے تھے۔ سب کی نگاہیں ان کی طرف جمی ہوئی تھیں۔ کتنے خوش نصیب ہیں دونوں۔ پوری بوتل بیچ میں ہے۔

کھانے سے فارغ ہو کر مادھو نے بچی ہوئی پوریوں کا پتّل اٹھا کر ایک بھکاری کو دے دیا جو کھڑا ان کی طرف گرسنہ نگاہوں سے دیکھ رہا تھا۔ اور "دینے" کے غرور، ولولہ اور مسرت کا اپنی زندگی میں پہلی بار احساس کیا۔

گھیسو نے کہا۔ "لے جا۔ کھوب کہا اور اسیر باد دے جس کی کمائی ہے وہ تو مر گئی۔ مگر تیرا سیر باد سے جرور پہنچ جائے گا۔ روئیں روئیں سے اسیر باد دے بڑی گاڑھی کمائی کے پیسے ہیں۔"

مادھو نے پھر آسمان کی طرف دیکھ کر کہا۔ "بیکنٹھ میں جائے گی دادا ___ بیکنٹھ کی رانی بنے گی۔"

گھیسو کھڑا ہو گیا اور جیسے مسرت کی لہروں میں تیرتا ہوا بولا۔ "ہاں بیٹا بیکنٹھ میں جائے گی کسی کو ستایا تو نہیں، کسی کو دبایا تو نہیں۔ مرتے وقت ہماری زندگی کی سب سے بڑی لالسا پوری کر گئی۔ وہ نہ بیکنٹھ میں جائے گی تو کیا یہ موٹے موٹے لوگ جائیں گے جو گریبوں کو دونوں ہاتھ سے لوٹتے ہیں۔ اور اپنے پاپ کو دھونے کے لئے گنگا میں جاتے ہیں۔ اور مندر میں جل چڑھاتے ہیں۔"

یہ خوش اعتقادی کا رنگ بدلا۔ تلون نشے کی خاصیت ہے۔ یاس اور غم کا دور ہوا۔

مادھو بولا:۔

"مگر دادا بچاری نے زندگی بڑا دُکھ بھوگا۔ مری بھی تو کتنا دُکھ جھیل کر۔"

وہ آنکھوں پر ہاتھ رکھ کر رونے لگا۔

گھیسو نے سمجھایا۔ "کیوں روتا ہے بیٹا۔ کھس ہو کہ وہ مایہ جال سے مکت ہو گئی۔ جنجال سے چھٹ گئی۔ بڑی بھاگوان تھی جو اتنی جلدی مایا موہ کے بندھن توڑ دیئے۔"

اور دونوں وہیں کھڑے ہو کر گانے لگے۔

ٹھگنی کیوں نیناں جھمکاوے ٹھگنی

سارا مے خانہ محو تماشہ تھا اور یہ دونوں میکش محویت کے عالم میں گائے جاتے تھے پھر دونوں ناچنے لگے۔ اچھلے بھی۔ کودے بھی، گرے بھی، مٹکے بھی، بھاؤ بھی بتائے اور آخر نشہ سے بدمست ہو کر وہیں گر پڑے۔

☆☆

غلام عباس

آنندی

بلدیہ کا یہ اجلاس زوروں پر تھا۔ ہال کھچا کھچ بھرا ہوا تھا اور خلاف معمول ایک ممبر بھی غیر حاضر نہ تھا۔ بلدیہ کے زیر بحث مسئلہ یہ تھا کہ زنانِ بازاری کو شہر بدر کر دیا جائے۔ کیوں کہ ان کا وجود انسانیت، شرافت اور تہذیب کے دامن پر بدنما داغ ہے۔

بلدیہ کے ایک بھاری بھرکم رُکن جو ملک و قوم کے سچے خیر خواہ سمجھے جاتے تھے، نہایت فصاحت سے تقریر کر رہے تھے۔

.......اور پھر حضرات! آپ یہ بھی خیال فرمائیے کہ ان کا قیام شہر کے ایک حصے میں ہے جو نہ صرف شہر کے بیچوں بیچ عام گذر گاہ ہے بلکہ شہر کا سب سے بڑا تجارتی مرکز بھی ہے۔ چنانچہ ہر شریف آدمی کو چار و ناچار اس بازار سے گزرنا پڑتا ہے علاوہ ازیں شرفا کی پاک دامن بہو بیٹیاں اور بازار کے تجارتی اہمیت کی وجہ سے یہاں آنے اور خرید و فروخت کرنے پر مجبور ہیں۔ صاحبان! جب یہ شریف زادیاں ان آبرو باختہ اور نیم عریاں بیسواؤں کے بناؤ سنگھار کو دیکھتی ہیں تو قدرتی طور پر ان کے دل میں بھی آرائش و دل ربائی کی نئی نئی اُمنگیں اور ولولے پیدا ہوتے ہیں۔ اور اپنے غریب شوہروں سے طرح طرح کے غازوں، لونڈروں، زرق برق ساریوں اور قیمتی زیوروں کی فرمائشیں کرنے لگتی ہیں۔ نتیجہ یہ ہوتا ہے کہ ان کا پُر مسرت گھر' ان کا راحت کدہ ہمیشہ کے لئے جہنم کا نمونہ بن جاتا ہے۔

.......اور صاحبان! پھر آپ یہ تو بھی خیال فرمائیے کہ نونہالانِ قوم جو درس گاہوں میں تعلیم پا رہے ہیں اور جن کی آئندہ ترقیوں سے قوم کی امیدیں وابستہ ہیں اور قیاس کہتا ہے کہ ایک نہ ایک دن قوم کی کشتی کو بھنور سے نکالنے کا سہرا پھر ان ہی کے سر بندھے گا۔ انھیں بھی صبح و شام

اس بازار سے ہو کر آنا جانا پڑتا ہے۔ یہ قحبائیں ہر وقت بارہ اُبھرن، سولہ سنگھار کیے ہر راہ پر بے حجابانہ نگاہ وغمزہ کے تیروسناں برساتی اور اسے دعوتِ حُسن پرستی دیتی ہیں۔ کیا انھیں دیکھ کر ہمارے بھولے بھالے، ناتجربہ کار، جوانی کے نشے میں سرشار، سود وزیاں سے بے پروا نونہالانِ قوم اپنے جذبات وخیالات اور اپنی اعلیٰ سیرت کو معصیت کے مسموم اثرات سے محفوظ رکھ سکتے ہیں؟ صاحبان! کیا ان کا حُسن زاہد فریب ہمارے نونہالانِ قوم کو جادۂ مستقیم سے بھٹکا کر ان کے دل میں گناہ کی پُراسرار لذتوں کی تشنگی پیدا کر کے ایک بے کلی، ایک اضطراب ایک ہیجان برپا نہ کر دیتا ہوگا ....؟"

اس موقع پر ایک رُکن بلدیہ جو کسی زمانہ میں مدرس رہ چکے تھے اور اعداد وشمار سے شغف رکھتے تھے بول اٹھے :۔ "صاحبان! واضح رہے امتحانوں میں ناکام رہنے والے طلبا کا تناسب پچھلے پانچ سال کی نسبت ڈیوڑھا ہو گیا ہے۔

ایک رُکن نے جو چشمہ لگائے ہوئے تھے اور ایک ہفتہ وار اخبار کے مدیر اعزازی تھے تقریر کرتے ہوئے کہا۔ "حضرات! ہمارے شہر سے روبروز غیرت، شرافت، مردانگی نکوکاری پرہیزگاری، اٹھتی جارہی ہے اور اس کے بجائے بے غیرتی نامردی، بزدلی، بدمعاشی، چوری اور جال سازی کا دور دورا ہوتا جارہا ہے۔ منشیات کا استعمال بہت بڑھ گیا ہے۔ قتل وغارت، خودکشی اور دیوالہ نکالنے والی وارداتیں بڑھتی جارہی ہے۔ اس کا سبب محض ان زنانِ بازاری کا ناپاک وجود ہے۔ کیوں کہ ہمارے بھولے بھالے شہری ان کی زلف گرہ گیر کے اسیر ہو کر ہوش وخرد کھو بیٹھتے ہیں اور ان کے بارگاہ تک رسائی کی زیادہ سے زیادہ قیمت ادا کرنے کے لئے ہر جائز وناجائز طریقے سے زر حاصل کرتے ہیں۔ بعض اوقات وہ اس سعی وکوشش میں جامۂ انسانیت سے باہر ہو جاتے ہیں اور نہایت قبیح افعال کا ارتکاب کر بیٹھتے ہیں۔ نتیجہ یہ ہوتا ہے کہ یا تو وہ جانِ عزیز ی سے ہاتھ دھو بیٹھتے ہیں اور یا جیل خانوں ے پڑے سڑتے رہتے ہیں۔"

ایک پینشن یافتہ معمر رُکن جو ایک وسیع خاندان کے سرپرست تھے اور دُنیا کا سرد گرم دیکھ

چکے تھے اور اب کش مکش حیات سے تھک کر باقی ماندہ عمر ستانے اور اپنے اہل وعیال کو اپنے سایے میں پنپتا ہوا دیکھنے کی متمنی تھے تقریر کرنے اُٹھے ۔ان کی آواز لرزتی ہوئی اور لہجہ فریاد کا انداز لیے ہوئے تھا۔ بولے:

''صاحبان! رات بھر ان لوگوں کی طبلے کی تھاپ ان کی گلے بازیاں' ان کے عشاق کی دھینگا مشتی، گالی گلوچ، شور وغل، ہاہاہا، ہو ہو ہو سن سن کر آس پاس کے رہنے والے شرفا کے کان پک گئے ہیں۔ ضیق میں جان آگئی ہے۔ رات کی نیند حرام ہیں تو دن کا چین مفقود۔ علاوہ ازیں ان کے قرب سے ہماری بہو بیٹیوں کے اخلاق پر جو بُرا اثر پڑتا ہے اس کا اندازہ ہر صاحب اولاد خود کرسکتا ہے......''

آخری فقرہ کہتے کہتے ان کی آواز بھرا گئی اور وہ اس سے زیادہ کچھ نہ کہہ سکے۔ سب اراکین بلدیہ کو ان سے ہمدردی تھی کیوں کہ بدقسمتی سے ان کا قدیمی مکان اس بازارِ حسن کے عین وسط میں واقع تھا۔

ان کے بعد ایک رُکنِ بلدیہ نے جو پرانی تہذیب کے علم بردار تھے اور آثارِ قدیمہ کو اولاد سے زیادہ عزیز رکھتے تھے' تقریر کرتے ہوئے کہا:

''حضرات! باہر سے جو سیاح اور ہمارے احباب اس مشہور اور تاریخی شہر کو دیکھنے آتے ہیں جب وہ اس بازار سے گزرتے اور اس کے متعلق استفسار کرتے ہیں تو یقین کیجیے کہ ہم پر گھڑوں پانی پڑ جاتا ہے۔''

اب صدر بلدیہ تقریر کرنے اُٹھے۔ گو قد ٹھگنا اور ہاتھ پاؤں چھوٹے چھوٹے تھے مگر سر بڑا تھا جس کی وجہ سے بردبار آدمی معلوم ہوتے تھے لہجہ میں حد درجہ متانت تھی۔ بولے۔'' حضرات! میں اس امر میں قطعی طور پر آپ سے متفق ہوں کہ اس طبقہ کا وجود ہمارے شہر اور ہمارے تہذیب وتمدن کے لئے باعثِ صد عار ہے لیکن مشکل یہ ہے کہ اس کا تدارک کس طرح کیا جائے۔ اگر ان لوگوں کو مجبور کیا جائے کہ یہ اپنا ذلیل پیشہ چھوڑ دیں تو سوال پیدا ہوتا ہے کہ یہ لوگ کھائیں گے کہاں سے۔''

ایک صاحب بول اٹھے۔'' یہ عورتیں شادی کیوں نہیں کر لیتیں۔''

اس پر ایک طویل قہقہہ پڑا اور ہال کی ماتمی فضا میں یک بارگی شگفتگی کے آثار پیدا ہو گئے۔

جب اجلاس میں خاموشی ہوئی تو صاحب صدر بولے۔ حضرات! یہ تجویز بارہا ان لوگوں کے سامنے پیش کی جا چکی ہے۔ اس لئے ان کی طرف سے یہ جواب دیا جاتا ہے کہ آسودہ اور عزت دار لوگ خاندانی حرمت و ناموس کے خیال سے انھیں اپنے گھروں میں نہ گھسنے دیں گے' اور مفلس اور ادنیٰ طبقہ کے لوگ جو محض ان کی دولت کے لئے ان سے شادی کرنے پر آمدہ ہوں گے' یہ عورتیں خود منہ نہیں لگائیں گی۔''

اس پر ایک صاحب بولے۔'' بلدیہ کو ان نجی معاملوں میں پڑنے کی ضرورت نہیں۔ بلدیہ کے سامنے تو یہ مسئلہ ہے کہ یہ لوگ چاہے جہنم میں جائیں' مگر اس شہر کو خالی کر دیں۔''

صدر نے کہا:'' صاحبان یہ بھی آسان کام نہیں ہے۔ ان کی تعداد دس بیس نہیں سیکڑوں پر پہنچتی ہے اور پھر ان میں سے بہت سی عورتوں کے ذاتی مکانات بھی ہیں۔''

یہ مسئلہ کوئی مہینہ بھر تک بلدیہ کے زیر بحث رہا اور بالا۔ آخر تمام ارکان کے اتفاقِ رائے سے یہ امر قرار پایا کہ زنانِ بازاری کے مملوکہ مکانوں کو خرید لینا چاہئے اور ان کو رہنے کے لئے شہر سے کافی دور کوئی الگ تھلگ علاقہ دیدینا چاہئے ۔ان عورتوں نے بلدیہ کے اس فیصلہ کے خلاف سخت احتجاج کیا۔ بعض نے نافرمانی کر کے بھاری جرمانے اور قیدیں تک بھگتیں۔ مگر بلدیہ کی مرضی کے آگے کوئی پیش نہ چل سکی اور وہ ناچار صبر کر کے رہ گئیں۔

اس کے بعد ایک عرصہ تک ان زنانِ بازاری کے مملوکہ مکانوں کی فہرستیں اور نقشے تیار ہوتے اور مکانوں کے گراہک پیدا کیے جاتے رہے۔ بیشتر مکانوں کو بذریعہ نیلام فروخت کرنے کا فیصلہ کیا گیا۔ ان عورتوں کو چھ مہینے تک شہر میں اپنے پرانے مکانوں ہی میں رہنے کی اجازت دی گئی تا کہ اس عرصہ میں وہ نئے علاقے میں مکان بنوا سکیں۔

ان عورتوں کے لئے جو علاقہ منتخب کیا گیا وہ شہر سے چھ کوس دور تھا۔ پانچ کوس تک پکی

سڑک جاتی تھی ۔ اور اس کے آگے کچا راستہ تھا۔کسی زمانہ میں وہاں کوئی بستی ہوگی مگر اب تو کھنڈروں کے سوا کچھ نہ رہا تھا جن میں سانپوں اور چمگادڑوں کے مسکن تھے اور دن دہاڑے الو بولتے تھے۔اس علاقے کے نواح میں کچے گھروندوں والے کئی چھوٹے چھوٹے گاؤں تھے۔مگر کسی کا فاصلہ یہاں سے دو ڈھائی میل سے کم نہ تھا۔ان گاؤوں کے بسنے والے کسان دن کے وقت کھیتی باڑی کرتے۔یا یوں ہی پھرتے پھراتے ادھر نکل آتے تو نکل آتے ورنہ عام طور پر اس شہر خموشاں میں آدم زاد کی صورت نظر نہ آتی تھی ۔بعض اوقات روز روشن ہی میں گیدڑ اس علاقے میں پھرتے دیکھے گئے تھے۔

پانسو سے کچھ اوپر بیسواؤں میں سے صرف چودہ ایسی تھیں جو اپنے عشاق کی وابستگی یا خود اپنی دل بستگی یا کسی اور وجہ سے شہر کے قریب آزاد رہنے پر مجبور تھیں۔

اور اپنے دولت مند چاہنے والوں کی مستقل مالی سر پرستی کے بھروسہ پر بادل ناخواستہ اس علاقہ میں رہنے پر آمادہ ہوگئی تھیں۔ورنہ باقی عورتوں نے سوچ رکھا تھا کہ وہ یا تو اسی شہر کے ہوٹلوں کو اپنا مسکن بنائیں گی، یا بظاہر پارسائی کا جامہ پہن کر شہر کے شریف محلوں کے کونوں کھدروں میں جا چھپیں گی۔ یا پھر اس شہر ہی کو چھوڑ دیں گی۔

یہ چودہ بیسوائیں اچھی مالدار تھیں۔ اس شہر میں جوان کے جو ملکو کہ مکان تھے ان کے دام انھیں اچھے مل گئے تھے اور اس علاقے میں زمین کی قیمت برائے نام تھی۔ اور سب سے بڑھ کر یہ کہ ان کے ملنے والے دل و جان سے ان کی مالی امداد کرنے کے لئے تیار تھے۔چنانچہ انہوں نے اس علاقے میں جی کھول کر بڑے عالی شان مکان بنوانے کی ٹھان لی۔ایک اونچی اور ہموار جگہ جو ٹوٹی پھوٹی قبروں ہٹ کر تھی منتخب کی گئی۔زمین کے قطعے صاف کرائے گئے چابک دست نقشہ نویسوں سے مکانوں کے نقشے بنوائے گئے اور چند ہی روز میں تعمیر کا کام شروع ہوگیا۔

دن بھر اینٹ، مٹی، چونا، شہتیر، گاڈر اور دوسرا عمارتی سامان لاریوں چھکڑوں، گدھوں، اور انسانوں پر لاد کر اس بستی میں آتا اور منشی حساب کتاب کی کاپیاں بغلوں میں دبائے انھیں

گنواتے اور کاپیوں میں درج کرتے۔ تعمیرِ عمارت میں معماروں کو کام کے متعلق ہدایت دیتے۔ معمار مزدوروں کو ڈانٹتے، مزدور اِدھر اُدھر دوڑتے پھرتے۔ مزدورنیوں کو چلا چلا کر پکارتے اور اپنے ساتھ کام کرنے کے لئے بلاتے۔ غرض سارا دن ایک شور، ایک ہنگامہ رہتا اور سارا دن آس پاس کے گاؤں کے دیہاتی اپنے کھیتوں میں اور دیہاتنیں اپنے گھروں میں ہوا کے جھونکوں کے ساتھ دور سے آتی ہوئی کھٹ کھٹ کی آوازیں سنتی رہتیں۔

اس بستی کے کھنڈروں میں ایک جگہ مسجد کے آثار تھے اور اس کے پاس ہی ایک کنواں تھا جو بند پڑا تھا راج مزدوروں نے کچھ تو پانی حاصل کرنے اور بیٹھ کر ستانے کی غرض سے کچھ ثواب کمانے اور اپنے نمازی بھائیوں کی عبادت گزاری کے خیال سے سب سے پہلے اسی کی مرمت کی۔ چونکہ یہ فائدہ اور ثواب کا کام تھا اس کے لئے کسی نے کچھ اعتراض نہ کیا چنانچہ دو تین روز میں مسجد تیار ہوگئی۔

دن کو بارہ بجے جیسے ہی کھانا کھانے کی چھٹی ہوتی دو ڈھائی سو راج مزدور، میر عمارت، منشی اور ان بیسواؤں کے رشتہ دار یا کارندے جو تعمیر کی نگرانی پر مامور تھے اس مسجد کے آس پاس جمع ہو جاتے اور اچھا خاصا میلہ سا لگ جاتا۔

ایک دن ایک دیہاتی بڑھیا جو پاس کے کسی گاؤں میں رہتی تھی' اس بستی کی خبر سن کر آگئی۔ اس کے ساتھ ایک خورد سال لڑکا تھا۔ دونوں نے مسجد کے قریب ایک درخت کے نیچے گھٹیا سگریٹ، بیڑی، چنے اور گڑ کی بنی ہوئی مٹھائیوں کا خوانچہ لگا دیا۔

بڑھیا کو آئے ابھی دو دن بھی نہ گزرے تھے کہ ایک بوڑھا کسان کہیں سے ایک مٹکا اٹھا لایا اور کنوئیں کے پاس اینٹوں کا ایک چھوٹا سا چبوترہ بنا۔ پیسے کے دو دو شربت کے گلاس بیچنے لگا۔ ایک شخص نے کیا کیا گھر سے سری پائے پکا' دیگچی میں رکھ' خوانچہ میں لگا' تھوڑی روٹیاں مٹی کے دو تین پیالے اور ٹین کا ایک گلاس لے کر آ موجود ہوا اور اس بستی کے کارکنوں کو جنگل میں ہنڈیا کا مزا چکھانے لگا۔

ظہر اور عصر کے وقت میر عمارت' معمار اور دوسرے لوگ مزدوروں سے کنویں سے پانی نکلوا کر وضو کرتے نظر آتے۔ ایک شخص مسجد میں جا کر اذان دیتا پھر ایک کو امام بنایا جاتا اور دوسرے لوگ اس کے پیچھے کھڑے ہو کر نماز پڑھتے۔ کسی گاؤں کے ایک ملا کے کان میں جو یہ بھنک پڑی کہ فلاں مسجد میں امام کی ضرورت ہے۔ وہ دوسرے ہی دن علی الصباح ایک سبز جزدان میں قرآن شریف، پنج سورہ رحل اور مسئلے مسائل کے چند چھوٹے چھوٹے رسالے رکھ کر آموجود ہوا اور اس مسجد میں کی امامت باقاعدہ طور پر اسے سونپ دی گئی۔

ہر روز تیسرے پہر گاؤں کا ایک کبابی سر پر اپنے سامان کا ٹوکرا اٹھائے آجاتا اور خوانچہ والی بڑھیا کے پاس زمین پر چولہا بنا: کباب کلیجی دل اور گردے سیخوں پر چڑھا بستی والو کے ہاتھ بیچتا۔ ایک بھٹیاری نے جو یہ حال دیکھا تو اپنے میاں کو ساتھ لے مسجد کے سامنے میدان میں دھوپ سے بچنے کے لئے پھوس کا ایک چھپر ڈال تنور گرم کرنے لگی۔ کبھی کبھی ایک نوجوان دیہاتی نائی پھٹی پرانی کسوت گلے میں ڈالے جوتی کی ٹھوکروں سے راستے کے روڑوں کو لڑھکاتا اِدھر اُدھر گشت کرتا دیکھنے میں آجاتا۔

ان بیسواؤں کے مکانوں کی تعمیر کی نگرانی ان کے رشتہ دار اور کارندے تو کرتے ہی تھے۔ کسی کسی دن دوپہر کے کھانے سے فارغ ہو کر اپنے عشاق کے ہمراہ خود بھی اپنے اپنے مکانوں کو بنتا دیکھنے آجاتیں اور غروب آفتاب سے پہلے یہاں سے نہ جاتیں۔ اس موقع پر فقیروں اور فقیرنیوں کی ٹولیاں کی ٹولیاں نہ جانے کہاں سے آجاتیں۔ اور جب تک خیرات نہ لے لیتیں اپنی صداؤں سے شور مچاتی رہتیں اور انھیں بات نہ کرنے دیتیں۔ کبھی کبھی شہر کے لفنگے اوباش بیکار مباش کچھ کیا کر کے مصداق شہر سے پیدل چل کر بیسواؤں کی اس نئی بستی کی سُن گن لینے آجاتے اور اگر اس دن بیسوائیں بھی آئی ہوتی تو ان کی عید ہو جاتی۔ وہ ان سے ذرا ہٹ کر ان کے گرداگرد چکر لگاتے رہتے۔ فقرے کستے' بے تکے قہقہے لگاتے' عجیب عجیب شکلیں بناتے اور مجنونانہ حرکتیں کرتے۔ اس روز کبابی کی خوب بکری ہوتی۔

اس علاقے میں جہاں تھوڑے ہی دن پہلے ہو کا عالم تھا ' اب ہر طرف گہما گہمی اور چہل پہل نظر آنے لگی۔ شروع شروع اس علاقے کی ویرانی سے ان بیسواؤں کو یہاں آکر رہنے کے خیال سے جو دہشت ہوتی تھی وہ بڑی حد تک جاتی رہتی تھی اور اب وہ ہر مرتبہ خوش خوش اپنے مکانوں کی آرائش اور اپنے مرغوب رنگوں کے متعلق معماروں کو تاکیدیں کر جاتی تھیں۔

بستی میں ایک جگہ ایک ٹوٹا پھوٹا مزار تھا جو قرائن سے کسی بزرگ کا معلوم ہوتا تھا۔ جب یہ مکان نصف سے زیادہ تیار ہو چکے تو ایک دن بستی کے راج مزدوروں نے کیا دیکھا کہ مزار کے پاس سے دھواں اٹھ رہا ہے اور سُرخ سُرخ آنکھوں والا لمبا' تڑنگا مست فقیر لنگوٹ باندھے چار ابرد کا صفایا کرائے اس مزار کے اردگرد پھر رہا ہے اور کنکر پتھر اٹھا کر پرے پھینک رہا ہے۔ دو پہر کو وہ فقیر ایک گھڑا لیکر کنویں پر آیا اور پانی بھر بھر کر مزار پہ لے جانے لگا ایک دفع جو آیا تو کنویں پر دو تین راج مزدور کھڑے تھے۔ وہ نیم دیوانگی اور نیم فرزانگی کے عالم میں کہنے لگا۔'' جانتے ہو یہ کس کا مزار ہے؟ کڑک شاہ پیر بادشاہ کا۔ میرے باپ دادا ان کے مجاور تھے ____ ''اس کے بعد اس نے ہنس ہنس کر اور آنکھوں میں آنسو بھر بھر کے پیر کڑک شاہ کی کچھ جلالی کرامات بھی ان راج مزدوروں سے بیان کیں۔

شام کو یہ فقیر کہیں سے مانگ تانگ کر مٹی کے دو دیئے اور سرسوں کا تیل لے آیا اور پیر کڑک شاہ کے سرہانے اور پائنتی چراغ روشن کر دیے۔ رات کو پچھلے پہر کبھی کبھی اس مزار سے 'اللہ ہُو' کا مست نعرہ سنائی دے جاتا۔

چھ مہینے گزرنے نہ پائے تھے کہ یہ چودہ مکان بن کر تیار ہو گئے۔ یہ سب کے سب دو منزلہ اور قریب ایک ہی وضع کے تھے سات ایک طرف اور سات دوسری طرف بیچ میں چوڑی سڑک تھی اور ہر ایک مکان کے نیچے چار چار دکانیں تھیں۔ مکان کی بلائی منزل میں سڑک کے رخ وسیع برآمدہ تھا۔ اس کے آگے بیٹھنے کے لئے کشتی نما شہ نشین بنائی گئی تھیں جس کے دونوں سروں پر یا تو سنگ مرمر کے مور قص کرتے ہوئے دکھائے گئے تھے اور یا جل پریوں کے مجسّمے تراشے گئے تھے

جن کا آدھا دھڑ مچھلی کا اور آدھا انسان کا تھا۔ برآمدے کے پیچھے جو بڑا کمرا بیٹھنے کے لیے تھا اس میں سنگ مرمر کے نازک نازک ستون بنائے گئے تھے دیواروں پر خوش نما پچی کاری گئی تھی۔ فرش سبز چمک دار پتھر کا بنایا گیا تھا۔ جب سنگِ مرمر کے ستونوں کے عکس اس فرش زمردیں پر پڑتے تو ایسا معلوم ہوتا گویا سفید براق پروں والے راج ہنسوں نے اپنی لمبی لمبی گردنیں جھیل میں ڈبو دی ہیں۔

بدھ کا شبھ دن اس بستی میں آنے کے لیے مقرر کیا گیا۔ اس روز اس بستی کی سبھی بیسواؤں نے مل کر بھاری نیاز دلوائی۔ بستی کے کھلے میدان میں زمین کو صاف کر کے شامیانے نصب کر دیئے گئے۔ دیگیں کھڑکنے کی آواز اور گوشت اور گھی کی خوشبو بیس بیس کوس سے فقیروں اور کتوں کو کھینچ لائی۔ دوپہر ہوتے ہوتے پیر کڑک شاہ کے مزار کے پاس جہاں لنگر تقسیم کیا جانا تھا اس قدر فقیر جمع ہو گئے کہ عید کے روز کسی بڑے شہر کی جامع مسجد کے پاس بھی نہ ہوئے ہوں گے۔ پیر کڑک شاہ کے مزار کو خوب صاف کرا دیا اور دھلوایا گیا اور اس پر پھولوں کی چادر چڑھائی گئی اور اس مست فقیر کو نیا جوڑا سلوا کر پہنایا گیا جسے اس نے پہنتے ہی پھاڑ ڈالا۔

شام کو شامیانے کے نیچے دودھ سی اُجلی چاندنی کا فرش کر دیا گیا تھا۔ گاؤ تکیے لگا دیئے گئے تھے۔ پان دان، پیک دان، چنگیران اور گلاب پاش رکھ دیئے گئے۔ اور راگ رنگ کی محفل سجائی گئی۔ دور دور سے بہت سی بیسواؤں کو بلوایا گیا جو ان کی کی سہیلیاں یا برادری کی تھیں ان کیساتھ ان کے بہت سے ملنے والے بھی آئے جن کیلئے ایک الگ شامیانے میں کرسیوں کا انتظام کیا گیا اور ان کے سامنے کے رخ چقیں ڈال دی گئیں۔ بے شمار گیسوں کی روشنی سے یہ جگہ بقعہ نور بنی ہوئی تھی۔ ان بیسواؤں کے توندل سیاہ فام سازندے زربفت اور کم خواب کی شیروانیاں پہنے عطر میں بسے ہوئے پھوئے کانوں میں رکھے اِدھر اُدھر مونچھوں کو تاؤ دیتے پھرتے اور زرق برق لباسوں اور تتلی کے پر سے بھی باریک ساریوں میں ملبوس، غازوں اور خوشبوؤں سے بسی ہوئی نازنینیں اٹکھیلیوں سے چلتیں۔ رات بھر رقص و سرود کا ہنگامہ برپا رہا اور جنگل میں منگل ہو گیا۔

دو تین کے بعد جب اس جشن کی تھکاوٹ اتر گئی تو یہ بیسوائیں ساز و سامان کی فراہمی اور

مکانوں کی آرائش میں مصروف ہوگئیں جھاڑ، فانوس، ظروف بلوری، قدِ آدم آئینے' نواڑی پلنگ' تصویریں اور قطعات سُنہری چوکھٹوں میں جڑے ہوئے لائے گئے اور قرینے سے کمروں میں لگائے گئے اور کوئی آٹھ روز میں جا کر یہ مکان کیل کانٹے سے لیس ہوئے۔ یہ عورتیں دن کا بیشتر حصہ تو استادوں سے رقص و سرود کی تعلیم لینے غزلیں یاد کرنے' دھنیں بٹھانے' سبق پڑھنے' تختی لکھنے' سینے پیرونے' کاڑھنے' گراموفون سننے' استادوں سے تاش اور کیرم کھیلنے' ضلع جگت' نوک جھوک سے جی بہلانے یا سونے میں گزارتیں اور تیسرے پہر غسل خانوں میں نہانے جاتیں جہاں ان کے ملازموں نے دستی پمپوں سے پانی نکال کر ٹب بھر رکھے ہوتے۔ اس کے بعد وہ بناؤ سنگار میں مصروف ہو جاتیں۔

جیسے ہی رات کا اندھیرا پھیلتا۔ یہ مکان گیسوں کی روشنی سے جگمگا اُٹھتے جو جابجا سنگِ مرمر کے آدھے کھلے ہوئے کنولوں میں نہایت صفائی سے چھپائے گئے تھے اور مکانوں کی کھڑکیوں اور دروازوں کے کواڑوں کے شیشے جو پھول پتیوں کی وضع کے کاٹ کر جوڑے گئے تھے۔ ان کی قوس قزح کے رنگوں کی سی روشنیاں دور سے جھل مل جھل مل نہایت بھلی معلوم ہوتیں یہ بیسوائیں بناؤ سنگار کیے برآمدوں میں ٹہلتیں آس پاس والیوں سے باتیں کرتیں' ہنستیں کھلکھلاتیں۔ جب کھڑے کھڑے تھک جاتیں تو اندر کمرے میں چاندنی کے فرش پر لگے گاؤ تکیوں سے لگ کر بیٹھ جاتیں۔ ان کے سازندے ساز ملاتے رہتے اور یہ چھالیہ کترتی رہتیں۔ جب رات ذرا بھیگ جاتی تو ان کے ملنے والے ٹوکروں میں شراب کی بوتلیں اور پھل پھلاری لئے اپنے دوستوں کے ساتھ موٹروں یا تانگوں میں بیٹھ کر آتے۔ اس بستی میں ان کے قدم رکھتے ہی ایک خاص گہما گہمی اور چہل پہل ہونے لگتی۔ نغمہ و سرود' ساز کے سُر رقص کرتی ہوئی نازنینوں کے گھنگھروؤں کی آواز قلقلِ مینا میں مل کر ایک عجیب سرور کی سی کیفیت پیدا کر دیتی۔ عیش و مستی کے ان ہنگاموں میں معلوم بھی نہ ہوتا کے رات کب بیت جاتی۔

ان بیسواؤں کو اس بستی میں آئے ہوئے چند ہی روز ہوئے تھے دو کانوں کے کرایہ دار پیدا

ہونے شروع ہو گئے۔ جن کا کرایہ اس بستی کو آباد کرنے کے خیال سے کم رکھا گیا تھا۔ سب سے پہلے جو دکاندار آیا وہی بڑھیا تھی جس نے پہلے مسجد کے سامنے درخت کے نیچے خوانچہ لگایا تھا۔ دُکان کو پُر کرنے کے لئے بڑھیا اور اس کا لڑکا سگرٹوں کے بہت سے خالی ڈبے اٹھا لایا اور انھیں منبر کے طاقوں میں سجا کر رکھ دیا گیا۔ بوتلوں میں رنگ دار پانی بھر وا دیا گیا تا کہ معلوم ہو شربت کی بوتلیں ہیں بڑھیا نے اپنی بساط کے مطابق کاغذی پھولوں اور سگریٹ کی خالی ڈبیوں سے بنائی ہوئی بیلوں سے دُکان کی کچھ آرائش بھی کی۔ بعض ایکٹروں اور ایکٹرسوں کی تصویریں بھی پرانے فلمی رسالوں سے نکال کر لئی سے دیواروں پر چپکا دیں۔ دوکان کا اصل مال دو تین قسم کے سگریٹ تین تین چار چار پیکٹوں' بیڑی کے آٹھ دس بنڈلوں' دیا سلائی کی نصف درجن ڈبیوں' پانو کی ایک ڈھولی' پینے کے تمباکو کی تین چار ٹکیوں اور موم بتی کے نصف بنڈل سے زیادہ نہ تھا۔

دوسری دکان میں ایک بنیا، تیسری میں حلوائی اور شیر فروش، چوتھی میں قصائی، پانچویں میں کبابی اور چھٹی میں کنجڑے آ بسے۔ کنجڑا آس پاس کے دیہات سے سستے داموں، چار پانچ قسم کی سبزیاں لے آتا اور یہاں خاصے منافع پر بیچ دیتا۔ ایک آدھ ٹوکرا پھلوں کا بھی رکھ لیتا۔ چونکہ دکان خاصی کھلی تھی 'ایک پھول والا اس کا ساجھی بن گیا۔ وہ دن بھر پھولوں کے ہار' گجرے اور طرح طرح کے گہنے بناتا رہتا اور شام کو انھیں چنگیر میں ڈال کر ایک ایک مکان پر لے جاتا اور نہ صرف پھول ہی بیچ آتا بلکہ ہر جگہ ایک ایک دو دو گھڑی سازندوں سے گپ شپ بھی ہانک لیتا۔ اور حقے کے دم بھی لگا آتا۔ جس دن تماش بینوں کی کوئی ٹولی اس کی موجودگی ہی میں کوٹھے پر چڑھ آتی اور گانا بجانا شروع ہو جاتا تو وہ سازندوں کے ناک بھوں چڑھانے کے باوجود گھنٹوں اٹھنے کا نام نہ لیتا، مزے سے گانے پر سر دُھنتا اور بیوقوفوں کی طرح ایک ایک کی صورت تکتا رہتا۔ جس دن رات زیادہ گزر جاتی اور کوئی ہار بچ جاتا تو اسے اپنے ہی گلے میں ڈال لیتا اور بستی کے باہر گلا پھاڑ پھاڑ کر گاتا پھرتا۔

ایک دکان میں ایک بیسوا کا باپ اور بھائی جو درزیوں کا کام جانتے تھے۔ سینے کی ایک

مشین رکھ کر بیٹھ گئے۔ ہوتے ہوتے ایک حجام بھی آ گیا اور اپنے ساتھ ایک رنگریز کو بھی لیتا آیا۔ اسی کے دکان کے باہر الگنی پر لٹکے ہوئے طرح طرح کے رنگوں کے لہریاں دوپٹے ہوا میں لہراتے ہوئے آنکھوں کو بہت بھلے معلوم ہونے لگے۔

چند ہی روز گزرے تھے کہ ایک ٹٹ پونجیے بساطی نے جس کی دکان شہر میں چلتی نہ تھی بلکہ اسے دکان کا کرایہ نکالنا بھی مشکل ہو جاتا تھا شہر کو خیر باد کہہ کر اس بستی کا رخ کیا۔ یہاں اسے ہاتھوں ہاتھ لیا گیا اور اس کے طرح طرح کے لونڈر، قسم قسم کے پاؤڈر، صابن، کنگھیاں، بٹن، سوئی، دھاگا، لیس، فیتے، خوشبودار تیل، رومال، منجن وغیرہ کی خوب بکری ہونے لگی۔

اس بستی کے رہنے والوں کو سرپرستی اور ان کے مربیانہ سلوک کی وجہ سے اسی طرح دوسرے تیسرے کوئی ٹٹ پونجیا دکان دار، کوئی بزاز، کوئی پنساری، کوئی نیچہ بند، کوئی نانبائی مندے کی وجہ سے یا شہر کے بڑھتے ہوئے کرایوں سے گھبرا کر اس بستی میں پناہ لیتا۔

ایک بڑے میاں عطار جو حکمت میں بھی کس قدر دخل رکھتے تھے ان کا جی شہر کی گنجان آبادی اور حکیموں اور دواخانوں کی افراط سے جو گھبرایا تو وہ اپنے شاگردوں کو ساتھ لے شہر سے اٹھ آئے اور اس بستی میں ایک دکان کرائے پر لے لی۔ سارا دن بڑے میاں اور ان کے شاگرد دواؤں کے ڈبوں شربت کی بوتلوں اور مربے چٹنی اچار کے مرتبانوں کو الماریوں اور طاقوں میں اپنے ٹھکانے پر رکھتے رہے۔ ایک طاق میں طب اکبر قرابادین قادری اور دوسری طبی کتابیں جمع کر رکھ دیں۔ کواڑوں کی اندرونی جانب اور دیواروں میں جو جگہ خالی بچی وہاں انھوں نے اپنے خاص الخاص مجربات کے اشتہار سیاہ روشنائی سے جلی لکھ کر اور دفتیوں پر چپکا کر آویزاں کر دئے۔ ہر روز صبح کو بیسواؤں کے ملازم گلاس لے لے کر آ موجود ہوتے اور شربت بزوری' شربت بنفشہ، شربت انار، اور ایسے ہی فرحت بخش، روح افزا شربت و عرق' خمیرہ گاؤزبان اور تقویت پہنچانے والے مربے مع ورق ہائے نقرہ لے جاتے۔

جو دکانیں بچ رہیں ان میں بیسواؤں کے بھائی بندوں اور سازندوں نے اپنی چارپائیاں

ڈال دیں۔ دن بھر یہ لوگ ان دکانوں میں تاش، چوسر اور شطرنج کھیلتے بدن پر تیل ملواتے، سبزی گھوٹتے، بٹیروں کی پالیاں کراتے، تیتروں سے سبحان تیری قدرت کی رٹ لگواتے اور گھڑا بجا بجا کر گاتے۔

ایک بیسوا کے سازندے نے ایک دوکان خالی دیکھ کر اپنے بھائی کو جو ساز بنانا جانتا تھا اس میں لا بٹھایا۔ دوکان کی دیوار کے ساتھ ساتھ کیلیں ٹھونک کر ٹوٹی پھوٹی مرمت طلب سارنگیاں ستار، طنبورے، دل ربا وغیرہ ٹانک دیئے گئے۔ یہ شخص ستار بجانے میں بھی کمال رکھتا تھا۔ شام کو وہ اپنی دکان میں ستار بجاتا جس کی میٹھی آواز سن کر آس پاس کے دکان دار آجاتے اور دیر تک بت بنے ستار سنتے رہتے تھے۔ اس ستار نواز کا ایک شاگرد تھا جو ریلوے کے دفتر میں کلرک تھا۔ اسے ستار سیکھنے کا بہت شوق تھا جیسے ہی دفتر سے چھٹی ہوتی سیدھا سائکل اڑاتا ہوا اس بستی کا رخ کرتا اور گھنٹہ ڈیڑھ گھنٹہ دوکان ہی میں بیٹھ کر مشق کیا کرتا۔ غرض اس ستار نواز کے دم سے بستی میں خاصی رونق رہنے لگی۔

مسجد کے ملا جی جب تک یہ بستی زیر تعمیر رہی رات کو دیہات میں اپنے گھر چلے جاتے رہے۔ مگر اب جب کہ انھیں دونوں وقت مرغن کھانا بافراط پہنچنے لگا تو وہ رات کو بھی یہیں رہنے لگے۔ رفتہ رفتہ بعض بیسواؤں کے گھروں سے بچے بھی مسجد میں آنے لگے جس سے ملا جی کو روپیہ پیسے کی آمدنی بھی ہونے لگی۔

ایک شہر شہر گھومنے والی گھٹیا درجہ کی تھیٹریکل کمپنی کو جب زمین کے چڑھے ہوئے کرائے اور اپنی بے مائیگی کے باعث شہر میں کہیں جگہ نہیں ملی تو اس نے اسی بستی کا رُخ کیا اور بیسواؤں کے مکانوں سے کچھ فاصلے پر میدان میں تنبو کھڑے کر کے ڈیرے ڈال دئے۔ اس کے ایکٹر اداکاری کے فن سے محض نابلد تھے۔ ان کے ڈریس پھٹے پرانے تھے۔ جن کے بہت سے ستارے جھڑ چکے تھے اور یہ لوگ تماشے بھی بہت پرانے اور دقیانوسی دکھاتے تھے مگر اس کے باوجود یہ کمپنی چل نکلی۔ اس کی وجہ یہ تھی کہ ٹکٹ کے دام بہت کم تھے۔ شہر کے مزدوری پیشہ لوگ

کارخانوں میں کام کرنے والے اور غریب غربا جو دن بھر کی کڑی محنت ومشقت کی کسر شور وغل، خر مستیوں اور ادنیٰ عیاشیوں سے نکالنا چاہتے تھے۔ پانچ پانچ چھ چھ کی ٹولیاں بنا کر گلے میں پھولوں کے ہار ڈالے، ہنستے بولتے، بانسریاں اور الغوزے بجاتے راہ چلتوں پر آوازیں کستے، گالی گلوچ کرتے، شہر سے پیدل چل کر تھیٹر دیکھنے آتے اور لگے ہاتھوں بازار حسن کی سیر بھی کر جاتے۔ جب تک ناٹک شروع نہ ہوتا تھیٹر کا ایک مسخرہ تنبو کے باہر ایک اسٹول پر کھڑا کبھی کولھا ہلاتا، کبھی منھ پھلاتا، کبھی آنکھیں مٹکاتا۔ عجیب عجیب حیا سوز حرکتیں کرتا جنھیں دیکھ کر یہ لوگ زور زور سے قہقہہ لگاتے اور گالیوں کی صورت میں داد دیتے۔

رفتہ رفتہ دوسرے لوگ بھی اس بستی میں آنے شروع ہو گئے۔ شہر کے بڑے بڑے چوکوں میں تانگے والے صدائیں لگانے لگے۔ "آؤ کوئی نئی بستی کو" شہر سے پانچ کوس تک جو پکی سڑک جاتی تھی اس پر پہنچ کر تانگے والے سواریوں سے انعام حاصل کرنے کی لالچ میں یا ان کی فرمائش پر تانگوں کی دوڑیں کراتیں، منہ سے ہارن بجاتے اور جب کوئی تانگہ آگے نکل جاتا تو اس کی سواریاں نعروں سے آسمان سر پر اٹھا لیتیں۔ اس دوڑ میں غریب گھوڑوں کا برا حال ہو جاتا اور ان کے گلے میں پڑے ہوئے پھولوں کے ہاروں سے بجائے خوشبو کے پسینے کی بدبو آنے لگتی۔

رکشا والے تانگے والوں سے کیوں پیچھے رہتے۔ وہ ان سے کم داموں میں سواریاں بٹھا طرارے بھرتے اور گھنگھرو بجاتے اس بستی کو جانے لگے۔ علاوہ ازیں ہر ہفتے کی شام کو اسکولوں اور کالجوں کے طلبہ ایک ایک سائیکل پر دو دو لدے، جوق در جوق اس پُر اسرار بازار کی سیر کرنے آتے جس سے ان کے خیال کے مطابق ان کے بڑوں نے خواہ مخواہ انھیں محروم کر دیا تھا۔

رفتہ رفتہ اس بستی کی شہرت چاروں طرف پھیلنے اور مکانوں اور دکانوں کی مانگ ہونے لگی۔ وہ بیسوائیں جو پہلے اس بستی میں آنے کو تیار نہ ہوتی تھیں، اب اس کی یہ دن دونی رات چوگنی ترقی دیکھ کر اپنی بیوقوفی پر افسوس کرنے لگیں۔ کئی عورتوں نے تو جھٹ زمین خرید کر ان بیسواؤں کے ساتھ ساتھ اسی وضع قطع کے مکان بنوانے شروع کر دئے۔ علاوہ ازیں شہر کے بعض مہاجنوں نے

بھی اس بستی کے آس پاس سستے داموں پر زمینیں خرید خرید کر چھوٹے چھوٹے کئی مکان بنوا ڈالے ۔نتیجہ یہ ہوا کہ وہ فاحشہ عورتیں جو ہوٹلوں اور شریف محلوں میں روپوش تھی موروملخ کی طرح اپنے نہاں خانوں سے باہر نکل آئیں اور ان مکانوں میں آباد ہو گئیں۔ بعض چھوٹے چھوٹے مکانوں میں اس بستی کے وہ دکاندار آبسے جو عیال دار تھے اور رات کو دکانوں میں سو نہ سکتے تھے۔

اس بستی میں آبادی تو خاصی ہو گئی تھی مگر ابھی تک بجلی کی روشنی کا انتظام نہیں ہوا تھا۔ چنانچہ ان بیسواؤں اور بستی کے تمام رہنے والوں کی طرف سے سرکار کے پاس بجلی کے لئے درخواست بھیجی گئی تھی جو تھوڑے دنوں بعد منظور کر لی گئی تھی۔ اس کے ساتھ ہی ایک ڈاک خانہ کھول دیا گیا ۔ایک بڑے میاں ڈاک خانے کے باہر ایک صندوقچے میں لفافے' کارڈ اور قلم دوات رکھ' بستی کے لوگوں کے خط پتر لکھنے لگے۔

ایک دفع بستی میں شرابیوں کی دو ٹولیوں میں فساد ہو گیا جس میں سوڈا واٹر کی بوتلیں' چاقوؤں' اور اینٹوں کا آزادانہ استعمال کیا گیا اور کئی لوگ سخت مجروح ہوئے۔ اس پر سرکار کو خیال آیا کہ اس بستی میں ایک تھانہ بھی کھول دینا چاہیے۔

تھیٹریکل کمپنی دو مہینے تک رہی اور اپنی بساط کے مطابق خاصا کمالے گئی۔ اس پر شہر کے ایک سنیما کے مالک نے سوچا کہ کیوں نہ اس بستی میں بھی سنیما کھول دیا جائے۔ یہ خیال آنے کی دیر تھی کہ اس نے جھٹ ایک موقع کی جگہ چن کر خرید لی اور جلد جلد تعمیر کا کام شروع کرا دیا۔ چند ہی مہینوں میں سنیما ہال تیار ہو گیا۔ اس کے باہر ایک چھوٹا سا باغیچہ بھی لگوایا گیا تا کہ تماشائی اگر بائسکوپ شروع ہونے سے پہلے آجائیں تو آرام سے باغیچہ میں بیٹھ سکیں۔ ان کے ساتھ بستی کے لوگ یوں ہی ستانے یا سیر دیکھنے کی غرض سے آ آ کے بیٹھنے لگے۔ یہ باغیچہ خاصا سیر گاہ بن گیا۔ رفتہ رفتہ کٹورا بجاتے بہشتی اس باغیچے میں آنے اور پیاسوں کی پیاس بجھانے لگے۔ سر کے تیل کی مالش والے نہایت گھٹیا قسم کے تیز خوشبو والے تیل کی شیشیاں واسکٹ کی جیبوں میں ٹھونسے کاندھے پر میلہ کچیلا تولیہ ڈالے' دل پسند' دل بہار مالش کی صدا لگاتے دردِ سر کے مریضوں کو اپنی

خدمات پیش کرنے لگے۔

سنیما کے مالک نے سنیما ہال کی عمارت کی بیرونی جانب دو ایک مکان اور کئی دو کانیں بھی بنوائیں۔ ایک مکان میں ہوٹل کھل گیا جس میں رات کو قیام کرنے کے لئے کمرے بھی مل سکتے تھے۔ اور دکانوں میں ایک سوڈا واٹر کی فیکٹری والا' ایک فوٹو گرافر' ایک سائکل مرمت والا' ایک لانڈری والا' دو پنواڑی' ایک بوٹ شاپ والا اور ایک ڈاکٹر مع اپنے دواخانے کے آرہے۔ ہوتے ہوتے پاس ہی میں ایک دکان میں کلال خانہ کھلنے کی اجازت مل گئی۔ فوٹو گرافر کی دکان کے باہر ایک کونے میں ایک گھڑی ساز نے آڈیرا جمایا اور ہر وقت محدب شیشہ آنکھ پر چڑھائے گھڑیوں کے کل پرزوں میں غلطاں و پیچاں رہنے لگا۔

اس کے کچھ ہی دن بعد بستی میں نل' روشنی کے باقاعدے انتظام کی طرف توجہ کی جانے لگی۔ سرکاری کارندے' سرخ جھنڈیاں' جریبیں اور راونچ نیچ دیکھنے والے آلے کر آپہنچے اور ناپ ناپ کر سڑکوں اور گلی کوچوں کی داغ بیل ڈالنے لگے اور بستی کی کچی سڑکوں پر سڑک کوٹنے والا انجن چلنے لگا۔

اس واقع کو بیس برس گزر چکے ہیں۔ یہ بستی اب ایک بھرا ہوا شہر بن گئی ہے جس کا اپنا ایک ریلوے اسٹیشن ہے اور ٹاؤن ہال بھی' کچہری بھی اور جیل خانہ بھی۔ آبادی ڈھائی لاکھ کے لگ بھگ ہے۔ شہر میں ایک کالج، دو ہائی اسکول، ایک لڑکوں کے لئے ایک لڑکیوں کے لئے اور آٹھ پرائمری اسکول ہیں جن میں میونسپلٹی کی طرف سے مفت تعلیم دی جاتی ہے۔

شہر سے دو روزانہ' تین ہفتہ وار اور دس ماہانہ رسائل وجرائد شائع ہوتے ہیں۔ ان میں چار ادبی' دو اخلاقی و معاشرتی و مذہبی' ایک زنانہ اور ایک بچوں کا رسالہ ہے۔ شہر کے مختلف حصوں میں دو مسجدیں' پندرہ مندر اور دھرم شالہ' چھ یتیم خانے پانچ اناتھ آشرم اور تین بڑے سرکاری ہسپتال ہیں جن جن میں ایک صرف عورتوں کے لئے مخصوص ہے۔ شروع شروع میں کئی سال تک یہ شہر اپنے اپنے رہنے والوں کی مناسبت سے' حسن آباد' کے نام سے موسوم کیا جاتا رہا۔ مگر بعد میں

اسے مناسب سمجھ کر اس میں تھوڑی سی ترمیم کر دی گئی۔ یعنی بجائے 'حسن آباد' کہلانے لگا مگر یہ نام چل نہ سکا کیونکہ عوام حُسن اور حَسن میں کچھ امتیاز نہ کرتے آخر بڑی بڑی بوسیدہ کتابوں کی ورق گردانی اور پرانے نوشتوں کی چھان بین کے بعد اس کا اصلی نام دریافت کیا گیا جس سے یہ بستی آج سے سیکڑوں برس قبل اجڑنے سے پہلے موسوم تھی اور وہ نام ہے۔ ''آنندی''

یوں تو سارا شہر بھرا پُرا صاف ستھرا اور خوش نما ہے۔ مگر سب سے خوبصورت' سب سے بارونق اور تجارت کا سب سے بڑا مرکز وہی بازار ہے جس میں زنانِ بازاری رہتی ہے ہیں۔

آنندی کے بلدیہ کا اجلاس زوروں پر ہے۔ ہال کھچا کھچ بھرا ہوا ہے اور خلاف معمول ایک ممبر بھی غیر حاضر نہیں۔ بلدیہ کے زیر بحث مسئلہ یہ ہے کہ زنانِ بازاری کو شہر بدر کیا جائے۔ کیونکہ ان کا وجود انسانیت' شرافت اور تہذیب کے دامن پر بدنما داغ ہے۔

ایک فصیح البیان مقرر تقریر کر رہے ہیں۔ ''معلوم نہیں وہ کیا مصلحت تھی جس کے زیر اثر اس ناپاک طبقے کو ہمارے اس قدیمی اور تاریخی شہر کے عین بیچوں بیچ رہنے کی اجازت دے دی گئی۔

اس مرتبہ ان عورتوں کے رہنے کے لئے جو علاقہ منتخب کیا گیا وہ شہر سے بارہ کوس دور تھا۔

☆☆

علی عباس حسینی

میلہ گھومنی

کانوں کی سنی نہیں کہتا ، آنکھوں کی دیکھی کہتا ہوں، کسی بدیسی واقعہ کا بیان نہیں ، اپنے ہی دیس کی داستان ہے گاؤں گھر کی بات ہے ۔ جھوٹ سچ کا الزام جس کے سر پر جی چاہے رکھیے۔ مجھے کہانی کہنا ہے اور آپ کو سننا۔

دو بھائی تھے ۔ چنو منو نام کہلاتے تھے پٹھان مگر ننہال جولا ہے ٹولی میں تھا اور ددیہال ، سیدواڑے میں ۔ ماں پرجا کی طرح میر صاحب کے ہاں کام کرنے آئی تھی ۔ ان کے چھوٹے بھائی صاحب نے اس سے کچھ اور کام بھی لیے اور نتیجے میں ہاتھ آئے چنو منو ۔ وہ تو یادگار چھوڑ کر جنت سدھارے اور خمیازہ بھگتا بڑے میر صاحب نے انہوں نے بی جولاہن کو ایک کچا مکان عطا کیا اور چنو منو کی پرورش کے لئے کچھ روپے دیے ۔ وہ دونوں پلے بڑھے ، اچھے ہاتھ پاؤں نکالے ، چنو ذرا سنجیدہ تھا ۔ ہوش سنبھالتے ہی میر صاحب کے کارندوں میں ملازم ہوا اور ہم بن میر صاحبان کا مصاحب بنا ۔ منو لا ابالی تھا ۔ اہیروں کے ساتھ اکھاڑوں میں کشتی لڑا اور نام کے لئے کھیتی باڑی کرنے لگا۔

لیکن دونوں جوان ہوتے ہی اعصاب کا شکار ہوئے ۔ خون کی گرمیاں وراثت اور ماحول سے ملی تھیں ۔ دونوں جنسیات کے میدان میں بڑے بڑے معرکے سَر کرنے لگے ۔ شدہ شدہ میر صاحب کے کانوں تک ان کے کارناموں کی داستانیں پہنچیں ۔ انہوں نے چنو کو اسی طرح کی ایک لڑکی سے بیاہ کر باندھ دیا لیکن منو چھٹے سانڈ کی طرح مختلف کھیت چرتا رہا اس کی ہنگامہ آرائیوں کا غلغلہ دور تک پہنچا ۔ بالآخر میر صاحب کے پاس اہیر ٹولی چمار ٹولی ، جولا ہے ٹولی ، ہر سمت اور ہر

محلے سے فریاد کی صدائیں پہنچنے لگیں۔ انہوں نے عاجز آکر ایک دن اس کی ماں کو بلوا بھیجا ، وہ جب گھونگھٹ لگائے لجاتی ، سہمتی ان کی بیوی کے پلنگ کے پاس زمین پر آکر بیٹھی تو میر صاحب نے منو کی شکایت کی۔ اور کہا اس لونڈے کو روکو ورنہ ہاتھ پاؤں ٹوٹیں گے۔"

اس نے آہستہ سے کہا۔

"تو میں کیا کرسکتی ہوں، آپ ہی چنو کی طرح اسے کسی نائمد سے لگا دیجیے،،

میر صاحب بڑی سوچ میں پڑ گئے۔ یہ نئی قوم کا قلمی پودا کسی مناسب ہی تھالے میں لگایا جا سکتا تھا۔ ہر زمین تو اس کو قبول نہیں کر سکتی۔ اور وہاں اس کے کارناموں کی شہرت نے ہر جگہ شوریت پیدا کردی تھی، وہ زنان خانے سے سوچتے ہوئے باہر چلے آئے اور برابر سوچتے ہی رہے۔

اتفاق سے انہی دنوں درزی کے میلے سے واپس ہونے والوں کے ساتھ ایک نامعلوم قبیلے کی عورت گاؤں میں آئی اور ایک دن میر صاحب کے ہاں نوکری کی تلاش کے بہانے پہنچی۔ سیدانی نے شکل صورت دیکھتے ہی سمجھ لیا کہ وہ ان کے گھر میں ملازمہ کی حیثیت سے رہنے والی عورت نہیں پوچھنے گچھنے سے یہ بھی معلوم کرلیا کہ وہ گاؤں کے درزی کے ساتھ میلے سے آئی ہے اور اس کے ہاں نکی بھی ہے۔ سیدانی ان درزی کی حرکات سن چکی تھیں۔ جب سے اس کی درزن سدھاری تھی، اس نے میلوں سے نئی نئی عورتوں کا لانا اور گاؤں کی نسوانی آبادی میں اضافہ کرنا اپنا وطیرہ بنالیا تھا۔ پھر بھی سیدانی بی کے رئیسانہ مزاج نے صاف صاف انکار کی اجازت نہ دی۔ انہوں نے کہا۔

"اچھا گھر میں رہو اور کام کرو۔ دو چار دن میں تمہارے لئے کوئی بندوبست کروں گی۔

"ادھر مردانے میں میر صاحب کو ان کے ہم جلیسوں نے نو وارد کی خبر دی۔ ایک صاحب نے جو ذرا ظریف بھی تھے، اس کی تاریخ یوں بیان کی۔

"روایانِ صادق کا قول ہے کہ اصل کی بنجارن ہے، وہ بنجارن سے ٹھکرائن سے پٹھانی سے کبڑن، کبڑن سے درزن، اور اب درزن سے سیدانی بننے کے ارادے رکھتی ہے۔"

ایک صاحب نے پوچھا ''اوراس کے بعد؟''

وہ دونوں شانے اٹھا کر اور دونوں ہاتھ پھیلا کر بولے'' خدا ہی جانے شاید اس کے بعد فرشتوں سے آنکھ لڑائے گی۔'' میر صاحب جب گھر آئے تو بیوی نے ان محترمہ کے آنے کی خبر دی۔ جز بز ہوئے ، اس سیرت کی عورت اور شرفاء کے گھر میں؟ وہ نیک قدم خود بھی کسی کام کے سلسلہ میں سامنے آئیں۔ میر صاحب بل کھانے لگے۔ نوکری کرنے آئی تھی، اگر انکار کرتے ہیں اور گھر سے نکال دیتے ہیں۔ تو اسے معصیت کی طرف دھکیل دیتے ہیں۔ پیٹ کے لئے انسان کیا کچھ نہیں کرتے ہیں۔ اگر اپنے ہاں بار دیتے ہیں تو گھر میں ماشاء اللہ کئی چھوٹے میر صاحبان ہیں ۔کہیں چنو منو کی نسل اور نہ بڑھے، ان ناموں کی یاد سے ذہن میں ایک خیال پیدا ہوا اور وہ مسکرا مسکرا کر بیوی سے سرگوشی کرنے لگے، پھر منو کی ماں کو بلوا کر انہوں نے نادر شاہی حکم دے دیا کہ ہم نے منو کی نسبت طے کر دی ہے، اس سے کہہ دو کل اس کا عقد ہوگا۔

بے چاری جولاہن کو چوں وچرا کی مجال نہ تھی۔ وہ بہت اچھا کہہ کے ہونے والی بہو پہ نظر ڈالنے چلی گئی، وہ بھی رشتہ سے بالکل بے خبر تھی، اس لئے کھل کے باتیں ہوئیں، جولاہن اس کے طور طریقے سے زیادہ مطمئن تو نہ ہوئی ، لیکن جانتی تھی ، میر صاحب کی خوشنودی اس میں ہے اختلاف کا یارا نہیں، رہنے کا ٹھکانہ انہی کا دیا ہے چنو کی نوکری انہی کی عطا کردہ ہے، اور منو کی جوت میں کھیت بھی انہی کے ہیں ، پھر لالچ بھی تھا۔ اپنی خوشی سے شادی کریں گے تو سارا خرچ بھی خود ہی اٹھائیں گے غرض گھر آئی اور اس نے رات کو منو کو میر صاحب کا فیصلہ سنا دیا۔ وہ اسے درزن ہی کے گھر بھاوج کی حیثیت سے دیکھ کر پسند کر چکا تھا۔ جلدی سے راضی ہو گیا۔

دوسرے دن مولوی صاحب بلائے گئے، منو کو نئی دھوتی نیا کرتا میر صاحب نے پہنوایا، دلہن کو شاہانہ جوڑا اور چند چاندی کے زیورات ان کی بیوی نے پہنائے اور عقد ہو گیا پھر میر صاحب اور ان بیوی نے رونمائی کے نام سے دس روپے منو کی ماں کو دیئے اور دلہن کو اس کے ہاں رخصت کر دیا۔

دن بیتتے گئے۔دن بیتتے گئے، مہینے ہوئے ،ایک سال ہونے کو آیا مگر منواور اس دلہن کی کوئی شکایت سننے میں نہ آئی میر صاحب کو اطمینان سا ہو چلا کہ نسخہ کارگر ہوا اور اعصاب کے دو بیمار ایک ہی چٹکلے سے اچھے ہو گئے ۔کہ دفعتاً ایک دن بی جولاہن روتی بسورتی پہنچیں ،معلوم ہوا منو نے مارا ہے پوچھ گچھ سے پتا چلا کہ چھ مہینے سے اسے نشے کا شوق ہے اور جس طرح وہ نشہ بیوی پر اتارتا ہے۔اسی طرح غصہ ماں پر کل رات میں تو اس نے مارا ہی نہیں بلکہ اسے ایک کوٹھری میں بے آب و دانہ بند رکھا ،اب چھوٹی ہے تو فریاد لے کر آئی ہے۔میر صاحب کے اس سوال پر کہ پہلے ہی کیوں نہ بتایا کہ فوری تدارک سے شاید بری عادت نہ پڑنے پاتی۔جولاہن سوائے ماں کے اور کیا جواب دے سکتی تھی انہوں نے حکم دے دیا آج سے یہیں رہو گھر جانے کی ضرورت نہیں۔

مگر میر صاحب کو منو کی فکر ہو گئی۔خون گندی نالی میں بہہ کر تہہ تو بدل جاتا ہے ورنہ پھٹ کر سپید ہو جاتا ہے،اس لئے اسے بلا بھیجا اور حد سے زیادہ خفا ہوئے اور یہاں تک کہہ دیا کہ اگر پھر سنا کہ تو نے تاڑی پی ۔تو درخت سے بندھوا کر اتنا پٹواؤں گا کہ چمڑا ادھڑ جائے گا۔ساتھ ہی پاس کے پاس مخصوص کارندہ بھیج کر کہلا بھیجا کہ اب اگر منو کو ایک قطرہ بھی پینے کو ملا تو تاڑی خانہ پھنکوا دوں گا۔غرض منو کی پوری طور پر بندش کر دی گئی۔اور تاڑی بند ہو گئی ۔ نشے کا انجکشن ممنوع قرار دے دیا گیا۔

مگر جونک اپنا کام کرتی رہی ۔اور تاڑی بند ہونے کے چھ ماہ بعد وہ آنکھیں مانگنے لگا۔ بالکل زرد سوکھا ہوا آم بن گیا اور کھانسی بخار کا شکار ہوا۔جب میر صاحب کو خبر ملی ۔کہ عیادت کے بہانے یاروں کی نشستیں ہونے لگیں ۔اور منو کی بہو نے نینوں کے بان چلانا شروع کر دئے تو انہوں نے بی جلاہن کو کچھ روپے دے کر بھیجا اور بیٹے کے علاج اور بہو نگرانی کی تاکید کی۔

لیکن یہ نگرانی وہاں اسی طرح ناگوار گزری جس طرح چوروں کو پولیس کی نگرانی کھٹکتی ہے۔دو چار ہی دن انگیز کرنے کے بعد زبان کی چھری تیز ہونے لگی۔ساس بھلا کس سے کم تھیں ۔انہوں نے کلہ بہ کلہ جواب دینا شروع کر دیا ایک دن تو نوبت ہاتھا پائی تک پہنچی جوانی اور

بڑھاپے کا مقابلہ کیا تھا۔ بہو ساس کے سینے پر سوار ہوگئی۔ منو پلنگ سے جھپٹ کر اٹھا۔ اور لڑکھڑاتا ہوا ماں کو بچانے پہنچا۔ بیوی نے سینے پر وہ لات ماری کہ وہ ہائے کر کرو ہی ڈھیر ہو گیا۔ دونوں لڑنا بھولکر اس کی تیمارداری میں مشغول رہیں۔ لیکن بلغم کے ساتھ تھوڑا خون بھی آنے لگا اور وہ ایک ہفتہ بعد گھر سے اٹھ کر قبر میں چلا گیا۔

اب رونا دھونا شروع ہوا، بین ہونے لگے اور ساس بہو میں اسی پر مقابلہ اٹھتا کہ دیکھیں سوگ کون زیادہ مناتا ہے پانچ روز تو اس طوفان میں وہ طغیانی رہی کہ میر صاحب کو خود آ کر سمجھانا پڑا لیکن آہستہ آہستہ سیلاب غم گھٹنا شروع ہوا اور ساس بہو کو ایک دوسرے سے چھٹکارا پانے اور رشتہ قرابت ٹوٹ جانے کی غیر شعوری طور پر خوشی ہونے لگی کہ دفعتاً چنو کی بیوی قبل از وقت مرا ہوا بچہ جن کر دیور کے پاس چلی گئی، بی جولاہن کے چار چھوٹے پوتا پوتیوں کو سنبھالنا پڑا اور منو کی بیوہ کو عدت کے احکام بھول جانے کے مواقع ملنے لگے۔ ایسے ہی موقع سے چنو غم بھلانے اور جی بہلانے دیورانی کے پاس آبیٹھا، خاطر تواضع ہوئی اور باتوں کا سلسلہ چھڑ گیا، درد دل بیان ہوئے تنہائیوں کا ذکر چھڑا اور اس کو دور کرنے کے ذرائع پر ذکر ہوا بالا آخر ایک شب امتحان قرار پائی۔ جب اس کی صبح سرخروئی سے ہوئی تو چنو نے ماں سے اصرار کیا کہ اس رشتے کو عقد کے ذریعے مستحکم بنادے۔

وہ بیٹے کو لے کر مولوی صاحب کے پاس پہنچی وہ دیہات میں رہنے کی وجہ سے شرع کی کتابیں اب تک نہ بھولے تھے انہوں نے امتحان اور اس کے نتیجہ سے واقف ہوتے ہی کان پر ہاتھ رکھا اور نکاح کے ممنوع ہونے کا فتویٰ فوراً صادر فرمادیا۔ بڑی بی دیر تک ایک وکیل کی طرح بحث کرتی رہیں۔ پر مولوی صاحب اپنے فیصلے سے نہ ٹلے تو جل کر بیٹے سے بولیں۔ چل رے گھر چل۔ مانگ میں میرے سامنے سیندور بھر دینا وہ اب تیری بیوی ہے میں خوش میرا خدا خوش، چنو نے ماں کا کہنا کیا، مانگ میں سیندور کی چٹکی ڈال دیا۔ اور اپنے چاروں بچوں سمیت اس گھر میں منتقل ہو آیا۔ ایک مہینہ بیتا، دو بیتے، تین مہینے بیتے، مگر چوتھے مہینے چنو کی کمر میں چک آگئی، اکڑنا، بررنا، تن کے چلنا چھوٹ گیا۔ وہ ذرا جھک کے چلنے لگا ہم سن میر صاحبان میں سے ایک صاحب طبیب تھے، ان

کو دکھایا انہوں نے معجونیں اور گولیاں کھلانا شروع کیں۔ دواؤں کے زور پر کچھ دن اور چلا بد قسمتی سے حکیم صاحب ایک ریاست میں ملازم ہو کر چلے گئے۔ بس چنو کی کمر کچی لکڑی کی طرح بوجھ پڑنے سے جھک گئی۔ ساتھیوں نے افیون کی صلاح دی۔ شروع میں تو کافی سرور آیا۔ مگر افیون کی خشکی نے دبوچا اور بی چنیا بیگم مانگتی ہیں دودھ، مکھن، گھی، ملائی اور یہ چیزیں چار روپے کی کمائی میں کہاں نصیب وہ لگا کھیسے نکال کے ہاتھ پھیلانے اور مگر اس پر بھی جو کچھ ملتا بھاویں نہ سماتا اور افیون کی لت پڑ چکی تھی، وہ چھوٹنی نہیں اس نے آہستہ آہستہ دل وجگر کو چھلنی کیا اور چنو خان کو اختلاج کے دورے پڑنے لگے اور سوکھی کھانسی آنے لگی۔

ایک دن جنوری کے مہینے میں جب بوندا باندی ہو رہی تھی، اولے پڑنے والے تھے، کہ چنو اختلاج شروع ہو گیا ڈیوڑھی پر کسی کے سلسلہ میں حاضر تھا ڈلیا برتن چھوڑ چھاڑ گھر کی طرف بھاگا راستے ہی میں کوندا لپکا اور جان پڑا کہ اسی کے سر پر بجلی گری وہ منہ کے بل زمین پر آرہا۔ سنبھل کر اٹھا مگر دل کا یہ حال تھا کہ منہ سے نکالا پڑ رہا تھا۔ بے ساختہ ارے ماں ارے ماں چیختا ہوا دوڑا۔ راستہ سجائی نہ دیتا تھا۔ دم گھٹا جا رہا تھا۔ مگر پاؤں پہیے کی طرح لڑھک رہے تھے گھر کی دہلیز میں قدم رکھا ہی تھا کے دوسرا کڑاکا ہوا وہ ٹھوکر کھاتا سنبھلتا پھسلتا لڑکھڑاتا دالان والے پلنگ پر جا کر بحری کے نیچے سے چھوٹے ہوئے کبوتر کی طرح بھد سے گر پڑا اور اسی طرح اس کا ہر عضو پھڑکنے لگا۔

بیوی ''ارے کیا ہو گیا لوگو''! کہتی ہوئی دوڑی۔ چنو نے بایاں پہلو دونوں ہاتھوں سے دباتے ہوئے کہاں۔

''اب میرے بعد تم کو کون خوش رکھے گا؟'' اور ہمیشہ کے لئے خاموش ہو گیا۔ چنو کی فاتحہ کے تیسرے دن اس کی خوش نہ ہونے والی بیوہ گاؤں کے ایک جوان کسان کے ساتھ کمبھ کا میلہ گھومنے الٰہ آباد چلی گئی۔

☆☆

ڈاکٹر اختر حسین رائے پوری

زبانِ بے زبانی

میں برگد کا ایک عمر رسیدہ درخت ہوں، غیر فانی اور ابدی!

نہ جانے کتنی مدت سے میں تن تنہا اور خاموش کھڑا ہوں ۔ برقرار اور بے قرار! بے زبان اور نغمہ زن۔ یاد نہیں کتنی مرتبہ کڑکتی سردیوں میں اپنی بے برگ شاخوں سے کہاسہ کی چادر کو ہٹا کر میں نے فریاد کی ہے، نہ معلوم کتنی مرتبہ آتشیں گرمیوں میں اپنی پیاسی اور حسرت بھری لاتعداد آنکھیں میں نے آسمان کی طرف اٹھائی ہیں۔ نہ معلوم کتنی مرتبہ موسمِ گل میں عطر بیز نسیم بہار نے میرے بے حس جسم میں سنسنی ڈال دی ہیں۔ لیکن کچھ دنوں سے لاغر اندام ہو رہا ہوں ۔ میرے چہرے پر جھرّیاں پڑ گئی ہیں ۔ جسمانی تاثرات سے میں بے پروا ہو گیا ہوں ۔ میری پتیاں گر گئی ہیں ۔ سردیاں اور گرمیاں دونوں میرے لئے یکساں ہیں۔ لیکن بہار! اس کے تصور میں ہی ایک ایسا جادو ہے، اس کے تخیل میں ہی ایک ایسی کشش ہے کے میری ان بے حرکت رگوں میں نئی زندگی کی بجلی دوڑنے لگتی ہے اور ساتھ ساتھ ایک اندوہگیں پشیمانی خُون کی ایک ایک بوند میں گھر کرلیتی ہے۔ بہار! یہ لفظ کتنا سوگوار ہے اور کتنا جان سپار، جب حدِ نظر تک راتوں رات لاتعداد کنول کھل جاتے تھے

اور میں اپنے آپ کو پھولوں کے ایک ناپیدا کنار سمندر میں کھڑا پاتا تھا تو یہ محسوس ہونے لگتا کہ جہان رنگ دبو میں سورج نئی شان کے ساتھ جگمگا رہا ہے۔ اس نشان کے ساتھ کہ اس میں تپش نہیں صرف چاند کی حلاوت رہ گئی ہے ۔ پیمانۂ دل مسرت اور احسان سے چھلکنے لگتا تھا لیکن اس احسان میں اطمینان نہ ہوتا تھا۔ وہ مسرت اس روحانی سوز کو دبا نہ سکتی تھی جو تمناؤں کے ساز پر ہمیشہ درد کے ترانے الاپا کرتا ہے۔ حُسن جمال کی اس جولانگاہ میں بڑھاپا اپنی دزدیدہ نگاہ ہیں ڈال کر

یکایک مسکرادیتا تھااور میرے سکون واطمینان کو ایک کھٹک اڑالے جاتی تھی۔

تخلیل تمناؤں کے آغوشش میں پروان چڑھتا ہے۔ جب بڑھاپے کا خیال مجھے بھی بے چین کرتا تو میں ایک جہانِ نو کی بناڈالتا ___ ایسا جہان جس میں برگد کی شاخوں میں بھی پھول لگتے ہیں۔ رنگارنگ کے پھول، جن سے ٹہنیاں دلہن بن جائیں ایک شاخ میں یاسمیں دوسری میں گلاب تیسری میں صنوبر ___ پستی سے لے کر بلندی تک میں گلاب بداماں ہوتا! آہ وہ تصور کتنا روح پرور تھا۔؟ لیکن عہد کہن کی ان داستانوں میں کیا رکھا ہے۔اب میں بوڑھا ہو رہا ہوں اور یہ امربیل ___ لامحدود اور لازوال ___ مچلتی اور لچکتی ہوئی یہ "امربیل" اب مجھ پر محیط ہو چکی ہے۔ میں عظیم الشان اور پُر وقار ہوں لیکن میری عظمت اور شوکت نے ہی مجھے اس چنچل "انیلی بیل" کے آگے بے بس کردیا ہے۔ایک دن یہ ننھی اور حقیر بیل میرے قدموں سے لپٹی رہتی تھی لیکن آج اس نے میری جسم کو زنجیروں سے کس دیا ہے اور میری مغرور گردن کو خم کرنا چاہتی ہے۔

اس کی گرفت کتنی جانکاہ ہے ___ کتنی روح فرسا اور ناکام احمتا کی طرح لادوا اور فراق کی طرح یاس انگیز، جو میرے ناتوان جسم کو پیس کر اس کی تازگی اور شگفتگی سلب کرلینا چاہتی ہے اور میں ___ حرماں نصیب اور بدبخت "میں" ___ ماضی کی یاد میں اشکبار "اور مستقبل سے خوف زدہ میں" ___ اس بے حقیقت بیل کی خواہش کے آگے مائل بہ خودسپردگی نظر آتا ہوں۔

تاہم گاہے گاہے محسوس ہوتا ہے کہ اس بیل میں کوئی مقناطیسی کشش ہے۔جس طرح کسی با کمال مطرب کے رباب جھنکار خستہ اور مُردہ رگوں کا زندہ کردیتی ہے، جس طرح موت کی ہچکیاں بھرتے ہوئے بھی سرمابہار کی رنگینیوں سے دوچار ہو کر دم بھر کے لئے جوان ہو جاتا ہے، جس طرح کسی رہزن عقل دہوش کے شانوں پر سر رکھ کر زاہد خود فریب کی پسلیاں پھڑکنے لگتی ہیں ___ ہاں اسی طرح میرے تمام جسم میں، میری ٹہنیوں میں اور میری پتیوں میں ،دل کی ایک ایک دھڑکن اور نبض کی ایک ایک چپک میں اس کا مس ایک دلنواز بے دلی اور ایک دھندلی سی تمنا پیدا کردیتا ہے۔اس وقت دفعتاً میں سوچنے لگتا ہوں کہ میری ٹہنیوں میں اتنی ہی لچک ہوتی جتنی

اس ''امر بیل'' میں ہے تو میں اس کی گرفت کو اور بھی مضبوط کر دیتا اور اس کے بوسہ کو پوری زندگی کی درازی عطا کرتا۔ لیکن الٰہی! تو نے مجھے ایسا کیوں بنایا کہ میں محبت حاصل کر سکتا ہوں واپس نہیں کر سکتا دام عشق میں گرفتار ہو سکتا ہوں گرفتار نہیں کر سکتا۔ پربت کے گیت سمجھ سکتا ہوں' گا نہیں سکتا۔ جب بادۂ عشق میں سرشار ہو کر جذبات دل کو عالم آشکار کرنے کی کوشش کرتا ہوں تو یکا یک مجھے اپنی بے حسی کا احساس ہونے لگتا ہے اور ارمانوں کے ہجوم پر جیسے اوس پڑ جاتی ہے میری بے تابی کا صرف ایک ثبوت ہے۔

پتیوں کی خاموش جنبش ان کی دھیمی دھیمی سرسراہٹ سوز نہانے کی سرگرم ہے۔ اُف اتنا تندرو توانا ہو کر بھی ایک شرمیلی بیل کے آگے میں کتنا مجبور ہوں۔

بہار، نسیم، گل و بلبل، آہ و زاری ____ رنگین خوابوں کا ایک میلہ! لیکن زندگی کی ایک پت جھڑ میں بہار کی ان محفلوں کو میں کیوں یاد کرتا ہوں۔ ہمیشہ ہمیشہ کیلئے میری دنیا ان سے محروم ہو چکی۔ اب میں ایک دوسری دنیا میں رہتا ہوں غنچے نہیں چٹکتے، جہاں ارمانوں اور حسرتوں کے سوا کچھ نہیں وہ بھی ایسے کہ ان میں کیف اور سرور نہیں غم و غصہ کی جھلک رہ گئی ہے۔ اب بھی میرے اردگرد بہار میں زمین گل فروش بن جاتی ہے اور ذرہ ذرہ فرط انبساط میں متوالا ہو جاتا ہے۔ میرا دل بھی بھر آتا ہے لیکن اس میں محبت کا شائبہ تک نہیں ہوتا۔ دریائے حسن کے بیچ و بیچ کھڑا ہو کر بھی میں ایک لگاؤ محسوس کرتا ہوں گویا ستاروں سے مصروف گفتگو ہوں۔ جس محفل سے میں اٹھ آیا اس میں شمول کی آرزو نہیں کرتا۔ میری تمام تر توجہات ایک دوسرے ہی جہان کی تعمیر کے لئے وقف ہوتی ہے جس کا تخلیل میرے ناسوروں کو پرچاتا رہتا ہے ____ یہ بیل فنا پر ہادی اور ابد و بقا کی ندیم ہیں۔ جب میں زمین کے دجاسن میں لیٹ جاؤں گا تو شاید میرے جسم سے لپٹی رہے گی اور اس کی باقی ماندہ طاقت کو چوستی رہے گی۔ ایک وہ دن تھا جب اس کا بیج ابھرا تھا اور میں جوان تھا۔ میرے سڈول جسم میں مسرت کی امنگیں موجزن تھیں اور رواں رواں روح کا ایک ایک تار فطرت کے رباب کے ساتھ غزل خواں تھا۔ میری وسیع جڑوں کے وسط میں اس کے ننھے سے بیج سے سر نکلا۔ اس کی زردگو

نیلوں نے سہارے کی التجا کی اور مایوس ونا کا مہر جھانے لگیں۔ ہاں، اس وقت سے گلے لگا کر مجھے کتنی خوشی ہوئی تھی۔ ایسی جیسے بچے کو گود میں لے کر باپ کو ہوتی ہے۔ ایک عرصہ تک اس کی باہیں دل میں یہی جذبہ پیدا کرتی رہیں۔ لیکن چشم بددور، رفتہ رفتہ وہ ایک سانچے میں ڈھلنے لگی اور اب اس چھونے کے بعد معصومیت اور شفقت محسوس نہ ہوتی تھی۔ اس میں ایک ایسا عجیب بانکپن پیدا ہو گیا جو میری آزادی پھندے ڈالنے لگا۔ جب کچھ سوچنا چاہتا تو اسی کی یاد آتی گویہ اس یاد میں بھی حیا تھی، تمنا بھی، غرض کے ساتھ اس پر مرمٹنے کی آرزوں بھی، پیاس کے ساتھ سکون تھا اور رلاگ کے ساتھ ایک لگاؤ۔ آج جس جذبہ کی گہرائیوں تک میں پہنچ چکا ہوں۔ ان دونوں اس کی سطح کو بھی نہ دیکھ سکا تھا اس انقلاب پر میں ہمیشہ تصویر حیرت بنا رہتا اور یہ حیرت بھی مسرت، نفرت، تمنا و اطمینان سے لبریز تھی۔

میرے قدموں پر ایک چھوٹا سا پتھر پڑا ہوا تھا جس پر گاؤں کی عورتیں اکثر سیندور اور چندن ملا کرتیں۔ کبھی یہ بھی ہوتا کی ان کی نازک انگلیاں مجھ پر سندور کھینچ دیتیں۔ یہ بھی دیکھا کہ کوئی شیزہ بڑی سادگی سے میرے سنگین جسم کو اپنے بازوؤں میں لپیٹ لیتی، نرم ہونٹوں سے میرے آہنی تنے کو بوسہ دیتی اور اس سنگ جبیں کو آنسوؤں سے نہلا کر چلی جاتی تھی۔ شاید اس سے اس کے قلب حزیں کو کچھ قرار ہوتا تھا۔

دنیا بھی ایک درخت ہے جیسے حسینانِ عالم اس بیل کی صورت دامِ بلا میں گرفتار کیے ہوئے ہیں لیکن مجھ پر اس کے ناز و نیاز کا کوئی مطلق اثر نہ ہوتا تھا۔ ہاں جب کوئی بدبخت میرے دامن کو تھام کر آنسوؤں میں ڈوبی ہوئی آوازیں کہتی ۔ ”دیوتا میری مراد کب آئے گی۔“ تو میں پسیج جاتا اور اپنے پتوں کو ہلا کر کچھ کہنا چاہتا لیکن خبر نہیں کہ وہ میرے اشاروں کو سمجھتی تھی یا نہیں۔ میں سوچتا رہ جاتا کہ کاش بے گل وثمر برگدنہ ہو کر میں پھولوں کا ایک پودا ہوتا تو کم از کم اپنی ہمدردی کا اظہار تو کر سکتا۔ جب حسن کی وہ مورت مجھے چھوتی تو مرجھائے ہوئے پھول پھر کھل جاتے۔ اور اس کے قدموں میں اشکبار برس کر گویا میرا پیغام پہنچا دیتے ___ لیکن دل ہی دل میں یہ منصوبہ

باندھتا رہ جاتا اور وہ چلی جاتی۔

تاہم، ان کی قرابت میرے جسم میں تھرتھری پیدا نہ کرسکتی تھی۔ میں از سرتا پا کانپنے نہ لگتا تھا۔ لیکن جب کبھی کوئی دوشیزہ میری نازک اندام بے زبان بیل کی کونپلوں کو توڑ کر مجھ پر بکھیر دیتی تو میرے دل پر چوٹ لگتی تھی۔ لیکن جتنا غم و غصہ ہوتا اسے ظاہر نہ کرسکتا تھا۔ جناب باری سے دل ہی دل میں فریاد کرتا اس امید پر کے وہ روح کی آواز کو پہچانتا ہے۔ "یارب اس عورت کو بھی اتنا ہی کرب والم نصیب ہو"۔ وہ بے چاری مجھے دیوتا مانکر پھولوں کی نذر چڑھاتی اور میں اسے بددعا دیتا۔ محبت کے نشے میں مدہوش ہوتا تھا۔ حتیٰ کے عقل وخرد سے بھی واسطہ نہ رہا تھا۔ کتنی عجیب د غریب تھی وہ محبت؟ کاشکہ میں جانتا ہوتا! کاشکہ میں جانتا ہوتا!

لیکن کیا میں سب کچھ سمجھنے کے باوجود میں اس دام میں گرفتار نہ ہوتا؟ گویا یہ بیل میرے جسم کے ایک ایک بند پر حاوی ہو چکی ہے تاہم اس کا میرے لئے کتنا ولولہ انگیز ہے۔ محبت آئینہ کی طرازی شفاف ہوتی ہے۔ ہر آدمی اس میں اپنا عکس رخ یکھتا ہے اور ایک بار یہ چور چور ہو جانے کے بعد یہ آئینہ کبھی ثابت نہیں ہوتا۔ ممکن ہے کہ متواتر کوشش کے بعد اس کے ٹکڑوں میں یکجائی ہو جائے لیکن وہ صفائی کہاں سے آئے گی؟ آئینہ میں ہمیشہ کے لئے بال پڑ جاتا ہے۔ عشق وار پروار سہتا ہے،

پیہم ناکامیوں کے بعد بھی اُف نہیں کرتا۔ لیکن وہ کمال درجہ خوددار اور غیور ہوتا ہے۔ صرف ایک جھڑکی اس کی شمع زندگی گل کرنے کے لئے کافی ہے۔ آج یہ بیل میری زندگی میں اتنا دخل حاصل کر چکی ہے لیکن اس کشش میں عشق کا جزو بھی نہیں۔ یہ بے کلی عشق کی پرتو نہیں بلکہ اس کی یادگار ہے اور بس۔

داستانِ محبت کی جب ورق گردانی کرتا ہوں تو دل میں ٹیس سی اٹھتی ہے محبت سے جو امیدیں وابستہ تھی وہ سب تشنہ تکمیل رہیں اور اس کا سزاوار میں ہرگز نہیں۔ محسوس ہوتا ہے کہ خدا نے، مجھے اس "امربیل" سے اور مجھے دیوتا سمجھنے والی ان الھڑ نادانوں سے انصاف نہیں کیا

۔بے گناہ ہوتے ہوئے بھی ہم اپنے کسی حق سے، ایسا حق جونا قابلِ بیان ہے، محروم کردئے گئے ہے۔ جب یہ خود فریبی چٹکیاں لینے لگتی ہے تو آرزو ہوتی ہے کہ کاش میں درخت نہ ہوتا انسان ہوتا، ایک دائرہ میں زندگی محدود نہ ہوتی، اپنی پرچھائی کو تاکتے تاکتے میں یوں بوڑھا نہ ہو جاتا۔ میری زندگی بھی رواں اور جوان ہوتی تاکہ محبت کا اظہار کرسکتا اور اس طرح بے زبان و بے قرار نہ ہوتا۔ لیکن کیا قلب انسانی میرے جذبات کا احساس نہیں کرسکتا؟ کیا انسان کی محبت اتنی مختلف ہے؟ کیا اس کی فریاد کوئی نے ہے؟ کیا اسکے نالوں میں کوئی نے ہے؟ کیا میرے جذبات کی ترجمانی کے لئے وہ گہری سانس کافی نہیں جو طوفان کی آمد کا پتہ دیتی ہے؟ کیا انسانوں کی دنیا بھی محبت کا پھول اندھیرے میں کھلتا اور مرجھاتا نہیں ہے؟ کیا ان میں بھی محبت کی انتہا یہ نہیں ہے کہ گفتگو کے لئے الفاظ کافی ہوں اور صرف سانسوں کا اُتار چڑھاؤ جہان معنی میں ارتعاش پیدا کر سکے؟ کیا ان میں بھی تمنا کے بعد پشیمانی اور فریاد کے بعد شرمساری پیدا نہیں ہوتی؟ ندی کی طرح انسان ہمیشہ گردش میں ہے اور ہم پہاڑ کی طرح اچل ہیں۔ لیکن ہم ان سے کہیں زیادہ عمر دراز اور مستقل ہیں۔ ہماری محبت کی مثال جگنو سے دی جاسکتی ہے جو تاعمر اجلتا ہے اور بعد از مرگ بھی روشن رہتا ہے۔ ایک زمانہ گزرا ان دنوں مجھے اس ''امربیل'' کی نازبرداری سے فرصت نہ تھی۔ اوّل اس کے بوسوں میں مجھے ایک لذت محسوس ہونے لگتی تھی اور اس نئے جذبہ کے اثرات معلوم کرنے میں میں اتنا محو تھا کہ گرد وپیش سے قطعاً بے نیاز ہو گیا تھا۔ بھولے بھٹکے اپنے ماحول پر ایک آدھ نگاہ غلط انداز میں ڈال دیا کرتا تھا۔ میں جس واقعہ کا ذکر کررہا ہوں وہ روز پیش آتا تھا اور اس سے باخبر ہوتے ہوئے بھی میں بے خبر تھا۔ تاہم نادانستہ طور پر یہ حادثہ مجھ پر ایسا گہرا نقش چھوڑ گیا کہ اسے میں آج تک نہ بھول سکا۔

جو بت میری قدم بوسی کررہا تھا اس کی پوجا کے لئے صدہا عورتیں آتی تھیں۔ روز کوئی نہ کوئی پرانی پجارن غائب ہو جاتی اور اس کی جگہ لینے کے لئے کوئی اور حسن کی دیوی آجاتی تھی۔ یہ نئی نویلی شرم کے بار سے دبی جاتی تھی۔ نرگسی آنکھیں زمین میں گڑی جاتی تھیں۔ اور رُخِ پُرنورتاب

نقاب کے اندر بھی عرق ہو جاتا تھا ___ مجھے بے جان سمجھ کر کبھی وہ میرے جسم کا سہارا لیتی اور کبھی اپنے ناخونوں سے میرے تنے کو کرید کرتی۔ میرا دل تیزی سے دھڑکتا اور میں گہری سانس کھینچ کر خاموش ہو جاتا کہ مبادا وہ سہم نہ جائے۔ ایک لمحہ کے بعد نقاب ان کے رُخ روشن کا پردہ دار بن جاتا پھولوں کے ہاران کے بیدار جذبات کو تھپکیاں دیتے اور چھاگل کے گھونگھرو ان پیروں کو چوم کر رقص کرنے لگتے تھے۔

ان مہوشوں میں سے ایک وطیرہ سب سے جدا تھا۔ نگاہیں سمیٹے سب چھپ کر وہ میرے پاس آتی اور سر جھکا کر فوراً چلی جاتی تھی ___ اس خوف سے کے کوئی اسے دیکھ نہ لے۔ زیبائش سے وہ اتنا ہی دور تھی جتنا کہ چاند۔ پسینہ کی اسکی جبیں پر کم کم ہوتا نہ پیروں میں چھاگل۔ اس کی سادگی سفید ساری سے یوں چھن چھن کر نکلتی تھی جیسے نبت البحر نے نہنگ آسا موجوں سے سر نکالا ہو یا دوشیزۂ صبح سفید بادلوں میں تیر رہی ہو۔ اس کی آمد کا کوئی وقت مقرر نہیں تر تھا کبھی وہ صبح میں آتی اور کبھی دوپہر میں کبھی دونوں وقت ملے جب وہ شام کو آتی تو اسی "امر بیل" کو تھام کر میری گھنی چھاؤں میں بیٹھ جاتی جب تک سورج شب کے محل میں آرام کرنے نہ چلا جاتا وہ اپنی پُر حسرت نگاہوں سے اس منزلِ ناتمام کو دیکھا کرتی۔ لہرائی ہوئی پگڈنڈی کی خاک شفق کے پرتو سے لالہ گوں بن جاتی جیسے خونِ تمنا کی سرخی ابھر آئی ہوں۔

ماضی کی ناکامیوں کی آماجگاہ اور مستقبل امیدوں کا آئینہ ہے اور ماضی افسردگی کے قلم سے اس کے چہرہ پر ناکام آرزوں کے افسانے لکھا کرتا۔ جب اس کے سینے سے گہری سانسیں نکلتیں تو میرے پتے بھی ضبط نہ کر سکتے تھے اور اور بہم چیخ اٹھتے تھے۔ کبھی اس کی زبان سے ایک لفظ نہ نکلا اور نہ اس نے کوئی دعا مانگی ہاں گاہے گاہے وہیں بیٹھ کر وہ کچھ گنگناتی ضرور تھی لیکن ان نغموں کو میں نہ سمجھ سکتا تھا۔

پہلے تو میری توجہ اس کے طرف منعطف ہی نہیں ہوئی لیکن شام کے سناٹے میں عموماً ادھر گزرنے لگی تو میری دلچسپی بھی رفتہ رفتہ بڑھ گئی۔ سورج کے ڈھلتے ہی میں اس کا بے تابی سے

انتظار کرنے لگتا اور اس کے آنے میں جتنی تاخیر ہوتی دل اتنا ہی بڑھتا جاتا۔ مجھے یاد ہے کہ خلاف معمول ایک روز وہ نہ آئی تو میں دیر تک اس کا انتظار کرتا رہا۔ دامن مغرب میں سورج نے منہ چھپالیا ۔ لیلائے شب نے نقاب سے سر نکلا' ستاروں کے انجمن منعقد ہوئی۔ چاند کی کرنوں نے اپنا ساز چھیڑا کہکشاں نے آسمان پر بجلیاں بکھیر دیں ____ پھر بھی وہ نہ آئی!

دو دن، تین دن، سینکڑوں دن ہزاروں دن آئے اور چلے گئے لیکن وہ نہ آئی یہاں تک کہ میں نے اس کے انتظار میں منہ موڑا اور اپنے منتشر جذبات کا مخزن اسی باوفا 'امر بیل'' کو بنانے کی کوشش کرنے لگا۔ میں اسے بھول چکا تھا کہ ایک روز وہ آگئی ____ ایک ہیبت ناک خواب کی طرح وہ دن بھی مجھے یاد رہیگا۔ گھنگھور بادل چھائے ہوئے تھے غضب کی سردی تھی۔ باد تند کے جھونکے کھا کھا کر ''امر بیل'' تھر تھرا رہی تھی۔ میں سوچ رہا تھا۔ کہ اسے اپنے کس پہلو میں جگہ دوں۔ یکا یک دیکھا کہ اسی خاک آلودہ راستہ پر وہ تیزی سے چلی آرہی ہے لیکن وہ بدل چکی تھی۔ وہ جمال جہاں آرا بوئے گل کی طرح غائب ہو چکا تھا۔ چہرہ پر اتنی جھریاں تھیں گویا عمر رفتہ نے اپنی آستینوں کو چنا ہو۔ آنکھوں میں حلقے پڑ گئے تھے۔ جب میں نے دونوں تصویروں کا مقابلہ کیا تو دہشت سی ہونے لگی۔

الٰہی! حسن کو فنا ہے تو عشق کو لازوال کیوں بنایا؟ قریب آکر نہ اس نے ہاتھ باندھے نہ سر جھکایا اور نہ اس بیل کا سہارا لیا۔ ایک مرتبہ چاروں طرف دیکھ کر وہ مجھ سے لپٹ پڑی اور زور زور سے رونے لگی۔ آہ! میں اس کے گیت سننے کا آرزومند تھا آنسوؤں کی زبان کیا سمجھ سکتا۔ میں نے دیکھا کہ صرف ایک ساڑی باندھے ہوئے ہے جو جگہ جگہ سے شکستہ ہو چکی تھی۔ بال بکھرے بکھرے ہوئے پیر خون میں رنگے ہوئے، جسم نازنیں خاک آلودہ۔ روتے روتے وہ کہنے لگی۔ ''دیوتا! سب نے مجھے ٹھکرا دیا ۔ انسانوں کے رحم و کرم سے محروم ہو چکی، میں نے وفائی کی، احسان فراموشی کی ____ کس امید پر؟ محبت نے میری آنکھوں پر پٹی باندھ دی تھی۔ محبت؟ فریب، مکر، دھوکا! اس ظالم نے مجھے دین و دنیا کہیں کا نہ رکھا۔ مہذب دنیا اب مجھے عصمت فروش

ہرجائی کے نام سے پکارتی ہے دیوتا! کیا تم مجھے اپنے دامنِ عاطفت میں جگہ دوگے۔ جانتے ہو، اپنے کاندھوں پر کیسے گناہ عظیم کا بار لئے آئی ہوں؟ میں ایک ایسے بچہ کی ماں ہوں جس کا باپ بننے کے لئے کوئی مرد تیار نہیں۔ دیوتا!

کیا تم میرے گناہوں کو درگزر کروگے۔''

ان کی فریاد میرے لئے ناقابل برداشت تھی۔ میں سوچنے لگا کہ اپنی ہمدردی کا اظہار کس طرح کروں۔ کاش کہ شبنم کے کچھ قطرے ہی ٹپک پڑتے جن پر اسے میرے آنسوؤں کا گمان ہوجاتا۔

نقاہت کی وجہ سے اس کے ہاتھوں کی گرفت ڈھیلی ہونے لگی اور وہ بے ہوش ہوکر گر پڑی کئی گھنٹے گزر گئے اور وہ اسی حال میں پڑی رہی۔ بعد ازاں اس کا جسم یکبارگی لرزا اور پھر اینٹھنے لگا۔ وہ خواب میں بڑبڑانے لگی۔ ''کیا عورتوں کو بھی دراصل خدا ہی نے پیدا کیا تھا۔؟ اور اس بچہ کو؟ ___ اس بچہ کی پیدائش کا ذمہ دار کون ہے؟ خیر میں سہی لیکن میرے گناہوں کا خمیازہ وہ کیوں اٹھائے گا۔ خدا رحیم وکرم ہے۔ ___ شائد مردوں کے لئے لیکن عورتوں کا خدا کہاں ہے؟ ___ خدا، جنت، روح، دنیا، عاقبت، سب مردوں کے لئے۔ لیکن عورتوں کا خدا کہاں ہے ؟

___ آہ میرا بچہ! میرا بچہ!!''

آسماں پرستاروں کو نیند آنے لگی۔ مشرق میں صرف ایک ستارہ جگمگا تارہ گیا نسیمِ صبح کی خشکی تیز تر ہوگئی۔ شب کی سیاہی اور بھی گہری ہوگئی۔ اسی عالم سکون میں یکا یک ایک روح فرسا چیخ اس کے سینہ سے نکلی اور وہ تڑپ کر اٹھ بیٹھی۔ اس نے اپنی پھٹی ساڑی کو تار تار کرڈالا اور پھر گر پڑی۔ ایک ہچکی اور ایک چیخ ___ کتابِ زندگی کی یہ تفسیر تھی۔ وہ مرچکی تھی۔

جب سورج کی روشنی پھیلی تو میں نے دیکھا کہ وہ میرے سامنے برہنہ پڑی ہے۔ اس کا جسم زرد ہوگیا تھا، ناخن نیلے پڑ گئے تھے، بازو میں پھٹی ہوئی ساڑی پڑی تھی۔ جس پر ایک بچہ کی خون

آلودلاش رکھی ہوئی تھی۔ برسات کے پانی میں یہ خون دور تک بہہ نکلا تھا اور آس پاس کی مٹی پر ایک سرخ تہہ پڑ گئی تھی۔ جذبۂ محبت کی یہ مثال تھی جس کی حقیقت اور عظمت کے متعلق انسان عجیب وغریب باتیں کہا کرتا ہے۔ ممکن ہے کہ میرا قیاس غلط ہو، ممکن ہے کہ محبت کے غلط مشاہدات نے میری تخئیل کو بھی ناقص بنا دیا ہو۔ کیا یہ دو پایہ جو اپنے آپ کو انسان کہتا ہے اتنا شقی القلب اور سیاہ باطن ہوسکتا ہے؟ اس خیال سے میں اپنے آپ کو باز رکھنا چاہتا ہوں لیکن جب یاد کرتا ہوں کہ میری جڑیں ان دو بے گناہوں کے خون سے سینچی گئی ہیں جنہیں انسانیت نے محبت کی قربان گاہ پر بھینٹ چڑھایا تھا تو میں حیوانیت کو اس پر فوقیت دیتا ہوں اور اپنی قسمت کو سراہتا ہوں کہ انسان نہ ہوا۔ وہ دونوں بے گناہ محبت پر قربان ہوئے یا سوسائٹی کے رواج پر یا مرد کی خواہشاتِ نفسانی پر، وہ عورت بے گناہ تھی۔ وہ محبت کرنا چاہتی تھی لیکن اسے دھوکا ہوا۔ وہ مرد کی ناپاک ہوس رانی کی شکار ہوئی لیکن جب اس کی محبت پاک تھی تو اسے مجرم کیوں قرار دیا گیا؟ وہ خود نفس پرست نہ تھی۔ اس ظالم سوسائٹی کو اس معصوم بچے نے کیا نقصان پہنچایا تھا؟

انسان دراصل کس سے محبت کرتا ہے ___ اپنی خودی سے یا معشوق سے؟ اپنے پسندیدہ جذبات اور توہمات کی مجسمہ صورت سے محبت کرتا ہے یا محبت پر اپنی خودی کو فنا کر دیتا ہے معلوم نہیں ! جو بھی، انسانیت کے دعویٔ محبت کی حقیقت خون کی وہ بوندیں ہیں جن کی آڑ میں درندگی مسکرا رہی ہے۔

کبھی کبھی شام کو جب پرندے اپنے آشیانوں میں پر سمیٹ لیتے اور اندھیرے کے خوف سے فطرت ایک گہری سانس کھینچ کر خاموش ہو جاتی تو عالم تنہائی میں یکا یک مجھے محسوس ہوتا کہ کہ میری زندگی ___ اتنی طولانی زندگی یونہی برباد ہورہی ہے ___ اس امر بیل کی گرفت میں عجیب لطیف درد پنہاں ہے۔ اے درد ہے میٹھا میٹھا، ایک ٹیس ہے دلنواز، اس احساس کو مٹانے کی میں لاکھ کوشش کرتا ہوں مگر بے سود بربادی کا یہ احساس، زندگی کی یہ تمنا کسی تصور پر مر مٹنے کی یہ آرزو کسی دوسرے خیال کو دل نشیں ہونے کی اجازت ہی نہیں دیتی۔ میں چاہتا ہوں اپنی ہستی کو

قدرت کی لامحدودیت میں گم کروں کبھی نہ سوچوں کہ زندگی لا حاصل اور بے معنی ہے، ایک ایک مرتبہ از سرِ نو شباب پر دراور تازہ دم ہو جاؤں۔ مگر کجا پیرانہ سال برگد کا ایک "ٹھونٹھ" اور کجا قدرت کا اٹل قانون! میں بولنا چاہتا ہوں لیکن زبان سے محروم ہوں، چلنا چاہتا ہوں پر پیر نہیں۔ آہ میں رونا چاہتا ہوں لیکن آنکھیں کہاں سے لاؤں۔ میں چاہتا ہوں کسی سے محبت کروں ایسی محبت جو ہمیشہ حیات تازہ بخشے اور کبھی نہ مرجھائے۔ لیکن میرا جمود مجھے تسلیم دنیاز سے روک لیتا ہے اور عشق کی بارگاہ پر جبیں رسائی کا موقع نہیں دیتا۔ یا تو میں اظہار محبت سے قاصر ہوں اور یا شرم لبوں پر مہرِ سکوت لگا دیتی ہے۔ لیکن وہ یاد واضح نہیں ہے۔ صرف ایک نقش ہے جو بھی ناکام آرزوؤں کی راکھ میں دبا ہوا۔ جس طرح کہر میں شمع روشن نظر نہیں آتی لیکن اس کی کرنوں میں جگمگاتی ہوئی شبنم کی بوندیں دکھلائی پڑتی ہیں۔ اسی طرح وہ یاد بذاتِ خود پس پردہ ہے اس کا ایک نقش باقی ہے۔ اتنا تو معلوم ہے کہ میری محبت کی ہمہ گیری اور وسعت سے ان کا تعلق ہے لیکن تعلق کیا تھا یاد نہیں آتا۔

ایک دوسرا واقعہ یاد آتا ہے جس نے کسی زمانہ میں میرے دل کی دنیا کو منور کر دیا تھا لیکن وہ روشنی گویا بجلی کی تھی جس نے میری آنکھوں کو ایک عرصہ کے لئے خیرہ کر دیا۔

میرے قریب ان دونوں لاشوں کے برآمد ہونے کے بعد شائد لوگ مجھ سے ڈر گئے تھے۔ اب نہ وہ بت شرمندۂ پرستش ہوتا اور نہ میرا چبوترا سجدہ گاہ قرار پاتا۔ بھولے بھٹکے اگر شام کو کوئی راہ گیر ادھر سے گزرتا تو سہمی ہوئی نظروں سے دائیں بائیں دیکھ کر میرے سایہ سے بچتے ہوئے تیزی سے نکل جاتا۔ دن میں کچھ گستاخ لڑکے دور کھڑے ہو کر میری طرف پھینکتا اور بھوت بھوت کا شور مچایا کرتے۔ ان کا مطلب میں صاف صاف تو نہیں سمجھ سکتا تھا۔ لیکن ان کے اطوار میں حقارت اور نفرت کے آثار دیکھ کر مجھے دلی صدمہ ہوتا تھا۔ کیا انسان کی عبادت ہی یا ور ہوا سے جتنی اس کی محبت؟ زیادہ عرصہ نہیں گزرا جب میں ایک زمانہ کا سجدہ گاہ بنا ہوا تھا۔ میرا سنگِ آستاں اس گاؤں کا سنگِ جبیں بنا ہوا تھا۔ حسینانِ عالم بصد شوق میرے آگے سر جھکا کر اپنے دکھ درد کا مداوا مانگتے تھے۔ گویا میں ان سب لوگوں کا تنہا مشکل کشا تھا حالانکہ میں ان کے آلام کا سدِ باب نہ کر سکتا

تھا۔تاہم اپنی خاموش زبان سے میں ان کی غمگساری تو کرتا تھا۔میں بے حس اور بے زبان تھا لیکن اس سے میری توقیر پر کوئی اثر نہ پڑتا تھا۔لیکن مقام حیرت ہے کے جیسے ہی اس دکھیاری نے میرے پاس آکر اپنی مصیبتوں کا خاتمہ کرلیا تو گویا میری ساری وقعت بھی اس کے خون میں ڈھل گئی۔کیا ان تمناؤں اور دعاؤں میں صداقت کی ذرا بھی بو نہ تھی؟اس روز پتہ چلا کہ انسانیت کو اصل میں کون سا مرض لاحق ہوا گیا ہے لیکن اس احساس نے بھی مجھے نجس اور ناپاک بنادیا ہے جب میں درد کے احساس سے نابلد تھا تو کتنے مریض آتے تھے اب جب میں اس عالم گیر مرض کا علاج معلوم کر چکا ہوں تو کوئی میرے قریب بھی نہیں آتا اور اس طرح یہ احساس میرے لیے جان لیوا ہو گیا ہے !عبادت اور محبت میں کوئی تعلق ہے یا نہیں؟ محبت.......روشنی ہے،عبادت تاریکی میں روشنی کی جستجو ہے۔محبت امید ہے،عبادت ناامیدی میں امید کی تلاش ہے۔میں محبت کو سمجھ سکتا ہوں کہ وہ زندگی ہے،میں عبادت کو نہیں سمجھنا چاہتا کہ وہ موت کا گیت ہے۔

خزاں یہ کہتی تھی میں شوخی بہار ان ہوں

رفتہ رفتہ جنون اور وحشت کا یہ دور گزر گیا اور میں از سرِ نو جوان ہونے لگا میری کونپلیں ہری ہونے لگیں اور شاخوں میں شباب کی کج ادائی آنے لگی۔میرے برگشتہ جذبات میں امید نے نئی تازگی پیدا کردی معلوم ہوتا تھا کہ دنیا کا ہر برگ و شجر امید کے ترانے الاپ رہا ہے اور زمین سے آسمان تلک ہر شئے موسیقیت کے نشے میں متوالی ہو گئی ہے۔

شہرت کی زندگی طویل نہیں،وہ نیک نامی پر محمول ہو یا بدنامی پر۔اس روز میں نے اپنی توقیر کو خاک میں ملتے دیکھا تھا آج یہ کلنک کا ٹیکا بھی مٹ گیا۔عزت کا ستون ایک لمحہ میں مسمار ہو گیا تھا۔دوبارہ اس کی تعمیر میں کئی سال لگ گئے بارے آج وہ پھر کھڑا ہو گیا ۔اب راہ گیروں اور سیلانیوں کے غول بے خوف و خطر میرے قریب آنے لگے۔گو یہ وہ میری پوجا نہ کرتے تھے ایک نگاہ غلط انداز ڈال کر لا پرواہی سے میرے سایہ تلے بیٹھ جاتے تھے۔گاؤں کی عورتیں بھی میرے پاس بیٹھنے لگیں گو یہ وہ میری طرف آنکھ اٹھا کر بھی نہ دیکھتی تھیں۔یا تو یہ تغافل تھا یا غرورِ حسن:بہر

کیف میں خوش ہوتا تھا کہ پسماندگی میں اپنے سایہ کی ٹھنڈک سے انہیں کچھ دیر سکون تو پہنچا سکا۔ اور تو اور ننھی لڑکیاں بھی میرے ارد گرد ناچنے لگیں ان کے دل میں نہ عزت تھی نہ حقارت ان کے لئے زندگی ایک رقصِ شرر تھی اور بس! آہ میرے ٹوٹے ہوئے مندر کی تعمیر از سرِ نو ہوئی تھی لیکن یہ وہ مندر تھا جس سے مورت غائب ہوگئی ہو اور لوگ اس سے سرائے کا کام لینے لگے تھے۔

قسمت نے پھر پلٹا کھایا، جب مشرق کی وادیوں سے دوشیزۂ صبح آنکھیں ملتے نکلتی تو میری بلندیاں کوئل اور پپیہوں کے ساتھ غزل خواں ہو جاتیں۔ نسیمِ صبح کی جمال آرائیوں کو دیکھ کر میرے پتے فرطِ انبساط میں لرزنے لگتے۔ کنول کے پھولوں کی خوشبو ہواؤں کو مستانہ بنا دیتی۔ جب ساری دنیا بہ یک وقت تمام تر رنگینیوں کی جلوہ گاہ بن جاتی تو ''وہ'' آتی اور ان کھیتوں میں دیر تک چہل قدمی کرتی جن میں نیند کی ماتی کلیاں جاگنے کی کوشش کیا کرتی تھیں اب آفتاب کی گستاخ کرنوں کی بوسے اس کے رخساروں کو لالہ زار بنا دیتے اور اس کے لب پر پسینہ کی بوندیں شبنم کے قطروں سے چشمک زنی کرنے لگتیں تو وہ مسکراتی ہوئی میرے سامنے آ کھڑی ہوتی۔ اس کی سج دھج بھی نرالی تھی اب تک میں نے کسی حسین میں یہ انداز نہ دیکھے تھے۔ یا تو اس کا لباس آسمانی ہوتا یا نرگسی اور ناگن لٹیں ہمیشہ لہراتی رہتیں۔ اور اللہ رے دیدہ دلیری! اس کی نگاہیں کبھی نگوں نہ ہوتیں، ہمیشہ سامنے کی طرف تاکتیں۔ ان میں جھجک کا نام نہ تھا۔ ان میں ایک برق بے پناہ تھی جو دیدار عام کی دعوت دے رہی تھی۔ شوخی اور جادو کی لاانتہا بجلیاں جو کیف اور پلکوں کے نیچے چھپی ہوئی تھیں گویا وہ عشق کی دنیا سے پوچھ رہی تھی کہ اگر تیری پابندیوں کو توڑ دوں تو کیا ہو۔

جب وہ میرے پاس بیٹھ جاتی تو اس کے چہرہ کی جولانی اور تابانی کو دیکھ کر معلوم ہوتا کہ اس کا دل خوشی سے لبریز ہے میں سوچنے لگتا کہ ایسی کونسی بات ہوسکتی ہے جس کا تصور اتنا خوش کن اور جاں نواز ہوا کثر ادھر آتی اور گھنٹوں عالم تخیل میں مسرت کے طلسم گڑھا کرتی اور مجھے کبھی اس کی خوشی کا راز نہ معلوم ہوتا۔

لیکن یہ عقدہ کب تک حل نہ ہوتا حیف جس جھوٹے دیوتا کی عبادت میں میں نے عمر گزار

دی تھی یہ فریب خوردہ بھی اس کی ہی پہچان تھی، دریائے محبت میں اس نے بھی زندگی کی ناؤ ڈال دی تھی کیا درحقیقت اسے ساحل کا پتہ مل گیا تھا؟ کیا وہ تمناؤں اور حسرتوں کے بھنور سے نکل چکی تھی،اب میں ان ہی گورکھ دھندوں کے سلجھانے کی کوشش کرنے لگا۔

ایک روز اسی راستہ سے میں نے ایک نوجوان کو آتے دیکھا۔اب تک یاد ہے ہاں خوب یاد ہے ___ اس نے پجارن کی آنکھوں پر اپنے ہاتھ رکھ دیئے تھے اور وہ مسکرائی تھی ___ آہ وہ مسکراہٹ!

ان دونوں کی ملاقات سے مجھے ایک دلچسپ تجربہ ہوا جسے یاد کر کے اس بڑھاپے میں بھی میں ہنسا کرتا ہوں۔انسان بلائے عشق میں مبتلا ہونے کے بعد اپنا انداز تکلم بھی بھول جاتا ہے۔وہ شاعری اور موسیقی کی دنیا میں بھٹکا کرتا ہے۔پہلے آنکھوں ہی آنکھوں میں باتیں ہوتی ہیں جنھیں تم بے جان نہیں سمجھ سکتے۔آنکھیں اٹھتی ہیں جھپکتی ہیں اور جھک جاتی ہیں۔کاش کہ میں جانتا ہوتا !کاش کہ میں جانتا ہوتا!

ایک عرصے تک حجاب اور نظارہ کا یہ سلسلہ جاری رہا۔کبھی نوجوان پہلے آتا۔اور زیرلب کچھ گنگنایا کرتا۔اس کی آواز میں سن سکتا تھا۔جب وہ پہلے آتی تو کھیتوں میں ٹہلنے لگتی اور کبھی کبھی اوس سے بھیگا ہوا ایک آدھا تنکا لے کر اپنے دانتوں کو کریدنے لگتی۔

اب تک مجھے وہ دن یاد ہے۔وہ نور کے تڑکے آئی اور دوپہر تک بیٹھی رہی جب میں اس کے اضطراب کا تصور کرتا ہوں، اس خلش اور تپش کو یاد کرتا ہوں تو دل میں ایک کھٹک سی ہوتی ہے۔عشق اپنا خراج مانگتا تھا آنسوؤں کی صورت میں اور غرور و تمکنت کی ضد تھی کہ ان بات رہے۔ آنکھوں میں بار بار آنسو ڈبڈبا آتے تھے لیکن سوکھ کر وہیں رہ جاتے تھے۔تھک کر میرے گھنے سایہ میں اس ''امربیل'' کو لپیٹ کر وہ بیٹھ گئی۔دوپہر تک وہ بیٹھی رہی ___ لیکن وہ نہ آیا۔

آہستہ آہستہ اس کی پریشانی دور ہوگئی ۔اب انتظار تھا اس اضطرب کا نام تھا۔انجام کار وہ اٹھی اور چلی گئی۔جاتے جاتے وہ کہنے لگی ___ مجھ سے یا اس ''امربیل'' سے اپنے آپ سے

یا کسی نامعلوم آدمی سے کہہ نہیں سکتا ____

وہ کہنے لگی ٹھیک ہوا اس محبت کا انجام بھی یہی ہونا تھا۔ اگر فرضِ منصبی کو بھول کر راحت ہی محبت کا حاصل ہوتا تو کیا ہوتا؟ میں اپنے جذبات اور احساسات کو ظاہر نہ کر سکی لیکن اس سے کیا؟ میرے دل میں جو کچھ تھا اور ہے اس سے میری زندگی روشن ہوگئی۔ محبت مجموعہ ہے رنج وراحت کا ،ہجر و وصال کا، اضطراب ومسرت کا۔ محبت ضدین کی گود میں پھولتی پھلتی ہے ورنہ محبت کتنی بے معنی اور بے لطف ہو جاتی ،وہ اٹھی اور چلی گئی ہمیشہ ہمیشہ کے لئے میری زندگی کے دائرے سے اور جھل ہوگئی لیکن اس کی خود فراموشی کو میں عمر بھر نہ بھولوں گا۔

اس داستانِ غم کے ساتھ میری رام کہانی بھی ختم ہوتی ہے۔ اس کے ساتھ محبت انسانی کے میرے مشاہدات بھی ختم ہو گئے۔ سالہا سال جس سراب صحرا کی جستجو میں سرگرداں تھا اس کا جواب مجھے ایک سوال کی صورت میں ملا۔" ورنہ ہماری محبت کتنی بے معنی اور بے کیف ہوتی" جس حقیقت کو میں ہنوز نہ سمجھ سکا تھا۔ ایک عورت نے ایک لمحہ میں اس کا پتہ دے دیا۔ اس وقت میری سمجھ میں آیا کہ محبت کا پودا انتہائی اور تاریکی میں نشو نما پاتا ہے۔ روشنی آتے ہی وہ مرجھا جاتا ہے عشق کو ظاہر کیوں کیا جائے، رسوائی کی آگ میں اسے کیوں جلایا جائے۔ میں اپنی محبت کا اظہار نہ کر سکا جس سے زندگی تشنۂ تکمیل رہ گئی ____ لیکن اسے کیا؟ اس خود فراموشی کا ایک لمحہ بھی تمام زندگی کے بارِ غم کا کفارہ ادا کر دے گا۔

میں دیکھتا ہوں کہ دنیا میں دو عظیم الشان طاقتوں میں تنازعہ ہو رہا ہے۔ یہ طاقتیں باہم متضاد نہیں ارتقاء کے دو مختلف راستے ہیں ان میں ایک طاقت ترکیبی ہے۔ گل وبلبل ، چاند اور چاندنی ، شب اور تاریکی شفق اور روشنی کی ہم آہنگی میں یہ طاقت نمایاں ہوتی ہے دوسری طاقت تخریبی ہے طوفان میں درختوں کو توڑ کر برقِ بلا سے خرمن کو جلا کر، آگ اور خون میں بربادی کے نشان چھوڑ کر وہ اپنی موجودگی کا ثبوت دیتی ہے۔ گاہے گاہے یہ دونوں طاقتیں کسی واقعہ میں اتنے عجیب طریقہ سے آپس میں گھل مل جاتی ہیں کہ ہمارے تعجب کی انتہا نہیں رہتی۔ ہماری محدود عقل حیران رہ جاتی

ہے۔شاید محبت بھی ایسا ہی واقعہ ہے۔

یہ بھی محسوس کرتا ہوں کہ اتنے وسیع تجربات اور عمیق علم کے باوجود میں دنیا میں اکیلا ہوں۔ نہ میں کسی کا ہوں اور نہ کوئی میرا میں دوستوں کی تمنا کرتا ہوں لیکن ایک بے حس اور بے جان درخت کے لئے دوست کہاں ہیں، غم گسار اور ہمدم کہاں ہیں۔ ممکن ہے کہ پہاڑ کو بھی کسی سہارے کی ضرورت محسوس نہ ہو۔لیکن چارہ سازی اور آشنائی کی تمناؤں کی گہرائی سے نکال پھینکنے کی جرأت میں اپنے آپ میں نہیں پاتا۔تو بھی میری وسعت اور عظمت سے لوگ بے حد مرعوب ہو جاتے ہیں اور یہ سوچ بھی نہیں سکتے کہ کسی ہمدرد کا انتظار میرے لئے کتنا صبر آزما ہے۔میرے چاروں طرف قدرت ارتقاء کی بلندیوں پر ہمدردی اور محبت کی سیڑھیوں سے چڑھتی جاتی ہے اور میں تنہا بے چارگی کی حالت کی میں کھڑا یہ تماشہ دیکھا کرتا ہوں۔

لیکن اس وقت یہ خیال آتا ہے کہ مجھے اس فریاد کا کوئی حق نہیں ۔ یہ سچ ہے میری تمام خواہشیں پوری نہ ہوئیں کئی نعمتوں سے محروم رہ گیا لیکن جو کچھ حاصل کیا وہ اس زندگی کے لئے کافی ہے۔صد ہا بار دنیا کو بہار کی رنگینیوں میں شرابور دیکھا ہے۔ ہزاروں آدمیوں نے میری قدم بوسی کی ہے اور بے شمار نازنینوں نے مجھے اپنا راز داں بنایا ہے۔نہ معلوم کتنی مرتبہ اس ''امر بیل'' کے بوسہ میں مجھے بہار کی مدہوشی برسات کی سحر پروری، خزاں کی گرمی، اور سرما کی تندی کا لطف بیک وقت نصیب ہوا ہے۔اس کی جانکاہ گرفت میں تڑپ تڑپ کر میں نے آزادی کی مسرت حاصل کی ہے۔ صرف ایک کھٹک دل میں باقی رہ جاتی ہے جو ہمیشہ روح کو ٹہوکے دیا کرتی ہے ___ وہ یہ کہ ___ میں بے زبان رہ گیا ! میری تمنا ایک بے معنی لفظ ہو کر رہ گئی لیکن غور کرنے کے بعد یہ خیال مجھے دلاسا دیتا ہے کہ میں ہی نہیں ساری دنیا بے زبان ہے۔

جب اپنی بے چارگی کا احساس ہوتا ہے تو میں انسان کی بے چارگی پر نظر ڈالتا ہوں۔جب سوچتا ہوں کہ قدرت نے محرومِ نطق رکھا۔مجھ پر ظلم کیا تو یاد آتا ہے کہ میں خود بھی تو اس دنیا کی ''زبانِ بے زبانی'' کا ایک خاموش تماشائی ہوں۔

☆☆

سعادت حسین منٹو

ٹوبہ ٹیک سنگھ

بٹوارے کے دو تین سال بعد پاکستان اور ہندوستان کی حکومتوں کو خیال آیا کہ اخلاقی قیدیوں کی طرح پاگلوں کا بھی تبادلہ ہونا چاہیے۔ یعنی مسلمان پاگل ہندوستان کے پاگل خانوں میں ہیں انھیں پاکستان پہنچا دیا جائے اور جو ہندو سکھ پاکستان کے پاگل خانوں میں ہیں انہیں ہندوستان کے حوالے کر دیا جائے۔

معلوم نہیں یہ بات معقول تھی یا غیر معقول بہر حال دانشمندوں کے فیصلے کے مطابق اِدھر اُدھر اونچی سطح کی کانفرنسیں ہوئیں۔ اور بالآخر ایک دن پاگلوں کے تبادلے کے لئے مقرر ہو گیا۔ اچھی طرح چھان بین کی گئی۔ وہ مسلمان پاگل جن کے لواحقین ہندوستان ہی میں تھے، وہیں رہنے دیئے گئے تھے۔ باقی جو تھے ان کو سرحد پر روانہ کر دیا گیا۔ یہاں پاکستان میں چونکہ قریب قریب تمام ہندو سکھ جا چکے تھے۔ اس لئے کسی کو رکھنے رکھانے کا سوال ہی نہ پیدا ہوا! جتنے ہندو سکھ پاگل تھے سب کے سب پولیس کی حفاظت میں سرحد پہنچا دیئے گئے۔

ادھر کا معلوم نہیں۔ لیکن ادھر لاہور کے پاگل خانے میں جب تبادلے کی خبر پہنچی تو بڑی دل چسپ چہ می گوئیاں ہونے لگیں۔ ایک مسلمان پاگل جو بارہ برس سے ہر روز باقاعدگی کے ساتھ ''زمیندار'' پڑھتا تھا اس سے جب اس کے ایک دوست نے پوچھا۔ ''مولبی ساب یہ پاکستان کیا ہوتا ہے''۔؟ تو اس نے بڑے غور و فکر کے بعد جواب دیا۔ ''ہندوستان میں ایک ایسی جگہ ہے جہاں استرے بنتے ہیں۔''

یہ جواب سن کر اس کا دوست مطمئن ہو گیا۔

اس طرح اور سکھ پاگل نے ایک دوسرے سکھ پاگل سے پوچھا۔ ''سردار جی ہمیں ہندوستان کیوں بھیجا جارہا ہے۔ ـــــ ہمیں تو وہاں کی بولی نہیں آتی۔''

دوسرا مسکرادیا۔ ''مجھے تو ہندوستوڑوں کی بولی آتی ہے ـــــ ہندوستانی بڑے شیطانی آکڑ آکڑ پھرتے ہیں۔''

ایک دن نہاتے نہاتے ایک مسلمان پاگل نے ''پاکستان زندہ باد'' کا نعرہ اس زور سے بلند کیا کہ فرش پر پھسل کر گرا اور بے ہوش ہو گیا۔

بعض پاگل جن کے رشتہ داروں نے افسروں کو دے دلا کر پاگل خانے بھجوادیا تھا کہ پھانسی کے پھندے سے بچ جائیں۔ یہ کچھ کچھ سمجھتے تھے کہ ہندوستان کیوں تقسیم ہوا ہے اور یہ پاکستان کیا ہے، لیکن صحیح واقعات سے یہ بھی بے خبر تھے۔ اخباروں سے کچھ پتا نہیں چلتا تھا اور پہرے دار سپاہی اَن پڑھ اور جاہل تھے ان کی گفتگو سے بھی وہ کوئی نتیجہ برآمد نہیں کر سکتے تھے۔ ان کو صرف اتنا معلوم تھا کہ ایک آدمی محمد علی جناح ہے، جس کو قائدِ اعظم کہتے ہیں۔ اس نے مسلمانوں کے لئے ایک علیحدہ ملک بنایا ہے، جس کا نام پاکستان ہے۔ یہ کہاں ہے؟ اس کا محلِ وقوع کیا ہے۔ اس کے متعلق وہ کچھ نہیں جانتے تھے۔ یہی وجہ ہے کہ پاگل خانے میں وہ سب پاگل جن کا دماغ پوری طرح ماؤف نہیں ہوا تھا اس مخمصے میں گرفتار تھے کہ وہ پاکستان میں ہیں یا ہندوستان میں۔ اگر ہندوستان میں ہیں تو پاکستان کہاں ہے۔ اگر وہ پاکستان میں ہیں تو کیسے ہو سکتا ہے کہ وہ کچھ عرصہ پہلے یہیں رہتے ہوئے بھی ہندوستان میں تھے۔

ایک پاگل تو پاکستان اور ہندوستان، اور ہندوستان اور پاکستان کے چکّر میں کچھ ایسا گرفتار ہوا کہ اور زیادہ پاگل ہو گیا۔ جھاڑو دیتے دیتے ایک دن درخت پر چڑھ گیا اور ٹہنے پر بیٹھ کر دو گھنٹے مسلسل تقریر کرتا رہا جو پاکستان اور ہندوستان کے نازک مسئلے پر تھی۔ سپاہیوں نے اسے نیچے اترنے کو کہا تو وہ اور اوپر چڑھ گیا۔ ڈرایا دھمکایا گیا تو اس نے کہا ـــــ میں ہندوستان میں رہنا چاہتا ہوں نہ پاکستان میں ـــــ میں اسی درخت ہی پر رہوں گا۔

بڑی مشکل کے بعد جب اس کا دورہ سرد پڑا تو وہ نیچے اترا اور اپنے ہندو سکھ دوستوں سے گلے مل مل کر رونے لگا۔ اس خیال سے اس کا دل بھر آیا کہ وہ اسے چھوڑ کر ہندوستان چلے جائیں گے۔

ایک ایم سی۔ ایس سی، پاس ریڈیو انجینئر جو مسلمان تھا اور دوسرے پاگلوں سے بالکل الگ تھلگ تھا باغ کی ایک خاص روش پر سارا دن خاموش ٹہلتا رہتا تھا۔ یہ تبدیلی نمودار ہوئی کہ اس نے تمام کپڑے اُتار کر دفع دار کے حوالے کر دئے اور ننگ دھڑنگ سارے باغ میں چلنا شروع کر دیا۔

چنیوٹ کے ایک موٹے مسلمان پاگل نے جو مسلم لیگ کا ایک سرگرم کارکن رہ چکا تھا اور دن میں پندرہ سولہ مرتبہ نہایا کرتا تھا یک لخت یہ عادت ترک کر دی۔ اس کا نام محمد علی تھا۔ چنانچہ اس نے ایک دن اپنے جنگلے میں اعلان کر دیا کہ وہ قائداعظم محمد علی جناح ہے۔ اس کی دیکھا دیکھی ایک سکھ پاگل ماسٹر تارا سنگھ بن گیا۔ قریب تھا کہ اس جنگلے میں خون خرابہ ہو جائے گا مگر دونوں کو خطرناک پاگل قرار دے کر علیحدہ علیحدہ بند کر دیا گیا۔

لاہور کا ایک نوجوان ہندو وکیل تھا جو محبت میں مبتلا ہو کر پاگل ہو گیا تھا۔ جب اس نے سُنا کہ امرتسر ہندوستان میں چلا گیا ہے تو اسے بہت دُکھ ہوا۔ اسی شہر کی ایک ہندو لڑکی سے اسے محبت ہو گئی تھی۔ گو اس نے اس وکیل کو ٹھکرا دیا تھا مگر دیوانگی کی حالت میں بھی وہ اس کو نہیں بھولا تھا۔ چنانچہ وہ ان تمام مسلم لیڈروں کو گالیاں دیتا تھا جنہوں نے مل ملا کر ہندوستان کے دو ٹکڑے کر دیے ____ اس کی محبوبہ ہندوستانی بن گئی اور وہ پاکستانی۔

جب تبادلے کی بات شروع ہوئی تو وکیل کو کئی پاگلوں نے سمجھایا کہ وہ دل برا نہ کرے۔ اس کو ہندوستان بھیج دیا جائے گا۔ اس ہندوستان میں جہاں اس کی محبوبہ رہتی ہے۔ مگر وہ لاہور چھوڑنا نہیں چاہتا تھا۔ اس خیال سے کہ امرتسر میں اس کی پریکٹس نہیں چلے گی۔

یوروپین وارڈ میں دو اینگلو انڈین پاگل تھے۔ ان کو جب معلوم ہوا کہ ہندوستان کو آزاد کر کے انگریز چلے گئے ہیں تو ان کو بہت رنج ہوا۔ وہ چھپ چھپ کر گھنٹوں اس مسئلہ پر گفتگو کرتے رہتے کہ پاگل خانے میں ان کی حیثیت کس قسم کی ہوگی۔ یوروپین وارڈ رہے گا یا اُڑ جائے گا۔ بریک فاسٹ

ملا کرے گا یا نہیں۔ کیا انہیں ڈبل روٹی کے بجائے بلڈی انڈین چپاتی تو زہر مار کرنی پڑے گی۔

ایک سکھ تھا جس کو پاگل خانے میں داخل ہوئے پندرہ برس ہو چکے تھے۔ ہر وقت اس کی زبان پر عجیب و غریب الفاظ سُننے میں آتے تھے۔ اوپڑی گڑگڑ دی اینکس دی بے دھیانا دی مُنگ دی دال آف دی لالٹین۔'' دن میں سوتا تھا نہ رات میں۔ پہرہ داروں کا یہ کہنا تھا کہ پندرہ برس کے طویل عرصے میں وہ ایک لحظے کے لئے بھی نہیں سویا۔ لیٹا بھی نہیں تھا۔ البتہ کبھی کبھی کسی دیوار کے ساتھ ٹیک لگا لیتا تھا۔ ہر وقت کھڑا رہنے سے اس کے پاؤں سوج گئے تھے۔ پنڈلیاں بھی پھول گئی تھیں۔ مگر اس جسمانی تکلیف کے باوجود لیٹ کر آرام نہیں کرتا تھا۔ ہندوستان پاکستان اور پاگلوں کے تبادلے کے متعلق جب کبھی پاگل خانے میں گفتگو ہوتی تھی تو وہ غور سے سنتا تھا۔ کوئی اس سے پوچھتا کہ اس کا کیا خیال ہے تو بڑی سنجیدگی سے جواب دیتا۔ ''اوپڑی گڑگڑ دی اینکس دی بے دھیانا دی مُنگ دی دال آف دی پاکستان گورنمنٹ۔''

لیکن بعد میں آف دی پاکستان گورنمنٹ کی جگہ آف دی ٹوبہ ٹیک سنگھ گورنمنٹ نے لے لی اور اس نے دوسرے پاگلوں سے پوچھنا شروع کیا کہ ٹوبہ ٹیک سنگھ کہاں ہے اور کہاں کا رہنے والا ہے۔ لیکن کسی کو بھی معلوم نہیں تھا کہ وہ پاکستان میں ہے یا ہندوستان میں۔ جو بتانے کی کوشش کرتے تھے۔ وہ خود اس اُلجھاؤ میں گرفتار ہو جاتے تھے کہ سیالکوٹ پہلے ہندوستان میں ہوتا تھا پر اب سنا ہے پاکستان میں ہے۔ کیا پتہ ہے کہ لاہور جو اب پاکستان میں ہے کل ہندوستان میں چلا جائے گا۔ یا سارا ہندوستان ہی پاکستان بن جائے گا۔ اور یہ بھی کون سینے پر ہاتھ رکھ کر کہہ سکتا تھا کہ ہندوستان اور پاکستان دونوں کسی دن سرے سے غائب ہو جائیں گے۔

اس سکھ پاگل کے کیس چھدرے ہو کے بہت مختصر رہ گئے تھے۔ چونکہ کم نہاتا تھا اس لئے داڑھی اور بال آپس میں جم گئے تھے۔ جن کے باعث اس کی شکل بڑی بھیانک ہو گئی تھی مگر آدمی بے ضرر تھا۔ پندرہ برسوں میں کسی سے جھگڑا فساد نہیں کیا تھا۔ پاگل خانے کے جو پرانے ملازم تھے وہ اس کے متعلق اتنا جانتے تھے کہ ٹوبہ ٹیک سنگھ میں اس کی کئی زمینیں تھیں۔ اچھا کھاتا پیتا زمین دار

تھا کہ اچانک دماغ الٹ گیا۔ اس کے رشتہ دار لوہے کی موٹی موٹی زنجیروں میں اسے باندھ کر لائے اور پاگل خانے میں داخل کرا گئے۔

مہینے میں ایک بار ملاقات کے لئے یہ لوگ آتے تھے اور اس کی خبر خیریت دریافت کر کے چلے جاتے تھے۔ ایک مدت تک یہ سلسلہ جاری رہا۔ پر جب پاکستان ہندوستان کی گڑبڑ شروع ہوئی ان کا آنا بند ہو گیا۔

اس کا نام بشن سنگھ تھا مگر سب اسے ٹوبہ ٹیک سنگھ کہتے تھے۔ اس کو قطعاً یہ معلوم نہیں تھا کہ دن کون سا ہے۔ مہینہ کون سا ہے۔ یا کتنے سال بیت چکے ہیں۔ لیکن ہر مہینے جب اس کے عزیز و اقارب اس سے ملنے کے لئے آتے تو اسے اپنے آپ پتہ چل جاتا تھا۔ چنانچہ وہ دفعدار سے کہتا کہ اس کی ملاقات آرہی ہے۔ اس دن وہ اچھی طرح نہاتا، بدن پر خوب صابن گھستا اور سر میں تیل لگا کر کنگھا کرتا۔ اپنے کپڑے جو وہ کبھی استعمال نہیں کرتا تھا نکلوا کے پہنتا اور یوں سج بن کر ملنے والوں کے پاس جاتا۔ وہ اس سے کچھ پوچھتے تو وہ خاموش رہتا یا کبھی کبھار۔ ''اوپڑ دی گڑ بڑ دی دی بے دھیانا دی منگ دی دال آف دی لالٹین کہہ دیتا۔

اس کی ایک لڑکی تھی جو ہر مہینے ایک انگلی بڑھتی بڑھتی پندرہ برسوں میں جوان ہو گئی۔ بشن سنگھ اس کو پہچانتا ہی نہیں تھا۔ وہ بچی تھی جب بھی اپنے باپ کو دیکھ کر روتی تھی، جوان ہوئی تب بھی اس کی آنکھ میں آنسو بہتے تھے۔

پاکستان اور ہندوستان کا قصہ شروع ہوا تو اس نے دوسرے پاگلوں سے پوچھنا شروع کیا کہ ٹوبہ ٹیک سنگھ کہاں ہے۔ جب اطمینان بخش جواب نہ ملا تو اس کے کرید دن بدن بڑھتی گئی۔ اب ملاقات بھی نہیں آتی ہے۔ پہلے تو اسے اپنے آپ پتا چل جاتا تھا کہ ملنے والے آرہے ہیں۔ پر اب جیسے اس کے دل کی آواز بھی بند ہو گئی تھی جو اسے ان کی آمد کی خبر دے دیا کرتی تھی۔

اس کی بڑی خواہش تھی کہ وہ لوگ آئیں جو اس سے ہمدردی کا اظہار کرتے تھے۔ اور اس کے لئے پھل مٹھائیاں اور کپڑے لاتے تھے۔ وہ اگر ان سے پوچھتا کہ ٹوبہ ٹیک سنگھ کہاں ہے تو

یقیناً اُسے بتادیتے کہ پاکستان میں ہے یا ہندوستان میں۔ کیونکہ اس کا خیال تھا کہ وہ ٹوبہ ٹیک سنگھ ہی سے آتے ہیں جہاں اس کی زمینیں ہیں۔

پاگل خانے میں ایک ایسا پاگل بھی تھا جو خود کو خدا، کہتا تھا۔ اس سے جب ایک دن بشن سنگھ نے پوچھا کہ ٹوبہ ٹیک سنگھ ہندوستان میں ہے یا پاکستان میں، تو اس نے حسبِ عادت قہقہہ لگایا اور کہا۔ ''وہ پاکستان میں ہے نہ ہندوستان میں۔ اس لئے کہ ہم نے ابھی تک حکم نہیں لگایا۔

بشن سنگھ نے اس خدا سے کئی مرتبہ بڑی منت سماجت سے کہا کہ وہ اسے حکم دے دے تاکہ جھنجھٹ ختم ہو، مگر وہ بہت مصروف تھا اس لئے کہ اسے اور بے شمار حکم دینے تھے۔ ایک دن تنگ آکر وہ اس پر برس پڑا۔ ''اوپڑی گڑگڑ دی اینکس دی بے دھیانا دی منگ دی وال آف واہے گوروجی دا خالصہ اینڈ واہے گوروجی کی فتح۔ جو بولے سونہال ست سری اکال۔''

تبادلے میں کچھ دن پہلے ٹوبہ ٹیک سنگھ کا ایک مسلمان جو اس کا دوست تھا ملاقات کے لئے آیا۔ پہلے وہ کبھی نہیں آیا تھا۔ جب بشن سنگھ نے اسے دیکھا تو ایک طرف ہٹ گیا اور واپس جانے لگا مگر سپاہیوں نے اسے روکا۔ ''یہ تم سے ملنے آیا ہے تمہارا دوست فضل دین ہے۔''

بشن سنگھ نے فضل دین کو ایک نظر دیکھا اور کچھ بڑبڑانے لگا۔ فضل دین نے آگے بڑھ کر اس کے کندھے پر ہاتھ رکھا۔ ''میں بہت دنوں سے سوچ رہا تھا کہ تم سے ملوں لیکن فرصت ہی نہ ملی ____ تمہارے سب آدمی خیریت سے ہندوستان چلے گئے تھے ____ مجھ سے جتنی مدد ہوسکی میں نے کی ____ تمہاری بیٹی روپ کور ____

وہ کہتے کہتے رُک گیا ____ بشن سنگھ کچھ یاد کرنے لگا۔

''بیٹی روپ کور۔''

فضل دین نے رک رک کر کہا۔ 'ہاں.... وہ.... وہ بھی ٹھیک ٹھاک ہے۔ ان کے ساتھ ہی چلی گئی تھی۔''

بشن سنگھ خاموش رہا۔ فضل دین نے کہنا شروع کیا۔ ''انھوں نے مجھ سے کہا تھا کہ تمہاری خیر خیریت پوچھتا رہوں ____ اب میں نے سُنا ہے کہ تم ہندوستان جا رہے ہو ____ بھائی

بلبیر سنگھ اور بھائی ودھاروا سنگھ سے سلام کہنا ـــــــ اور بہن امرت کور سے بھی......... بھائی بلبیر سے کہنا فضل دین راضی خوشی ہے۔ ـــــــ وہ بھوری بھینسیں جو وہ چھوڑ گئے تھے۔ان میں سے ایک نے کٹا دیا ہے ــــــ دوسری کے کٹی ہوئی تھی پر وہ چھ دن کی ہو کے مرگئی.........اور.........اور میرے لائق جو خدمت ہو کہنا، میں ہر وقت تیار ہوں.........اور یہ تمہارے لئے تھوڑے سے مرونڈے لایا ہوں۔''

بشن سنگھ نے مرونڈوں کی پوٹلی لے کر پاس کھڑے سپاہی کے حوالے کر دی اور فضل دین سے پوچھا۔''ٹوبہ ٹیک سنگھ کہاں ہے؟''

فضل دین نے قدرے حیرت سے کہا۔''کہاں ہے؟ وہیں جہاں تھا۔''

بشن سنگھ نے پوچھا۔''پاکستان میں یا ہندوستان میں؟''

''ہندوستان میں نہیں پاکستان میں'' فضل دین بوکھلا سا گیا۔بشن سنگھ بڑبڑاتا ہوا چلا گیا اوپڑ دی گڑ گڑ دی اینکس دی دھیانا دی منگ دی دال آف دی پاکستان اینڈ ہندوستان آف دی فٹے مُنہ۔''

تبادلے کی تیاریاں مکمل ہو چکی تھیں۔اِدھر سے اُدھر اور اُدھر سے اِدھر آنے والے پاگلوں کی فہرستیں پہنچ گئی تھیں اور تبادلے کا دن بھی مقرر ہو گیا۔سخت سردیاں تھیں۔ جب لاہور کے پاگل خانے سے ہندوستانی سکھ پاگلوں سے بھری ہوئی لاریاں پولیس کے محافظ دستے کے ساتھ روانہ ہوئیں۔متعلقہ افسر بھی ہمراہ تھے۔واہگہ بارڈر پر طرفین کے سپرنٹنڈنٹ ایک دوسرے سے ملے اور ابتدائی کارروائی ختم ہونیکے بعد تبادلہ شروع ہو گیا جو رات بھر جاری رہا۔

پاگلوں کو لاریوں سے نکالنا اور ان کو دوسرے افسروں کے حوالے کرنا بڑا کٹھن کام تھا۔بعض تو باہر نکلتے ہی نہیں تھے۔جو نکلنے پر رضامند ہوتے تھے اُن کو سنبھالنا مشکل ہو جاتا تھا۔کیونکہ اِدھر اُدھر بھاگ اُٹھتے۔جو ننگے تھے۔ان کو کپڑے پہنائے جاتے تو وہ پھاڑ کر اپنے تن سے جدا کر دیتے کوئی گالیاں بک رہا ہے کوئی گا رہا ہے۔آپس میں لڑ جھگڑ رہے ہیں۔رو رہے ہیں۔بک

رہے ہیں۔ کان پڑی آواز سنائی نہیں دیتی تھی پاگل عورتوں کا شوروغوغا الگ تھا اور سردی اتنی کڑاکے کی تھی کہ دانت بج رہے تھے۔ پاگلوں کی اکثریت اس تبادلے کے حق میں نہیں تھی۔ اس لئے کہ ان کی سمجھ میں نہیں آتا تھا کہ انھیں اپنی جگہ سے اکھاڑ کر کہاں پھینکا جارہا ہے۔ چند جو کچھ سوچ رہے تھے۔ ''پاکستان زندہ باد۔'' کے نعرے لگا رہے تھے۔ دو تین مرتبہ فساد ہوتے ہوتے بچا، کیونکہ بعض مسلمانوں اور سکھوں کو یہ نعرے سُن کر طیش آگیا۔

جب بشن سنگھ کی باری آئی اور واہگہ کے اس پار متعلقہ افسر اس کا نام رجسٹر میں درج کرنے لگا تو اس نے پوچھا۔ ''ٹوبہ ٹیک سنگھ کہاں ہے؟'' پاکستان میں یا ہندوستان میں؟'' متعلقہ افسر ان ہنسا۔ ''پاکستان میں۔''

یہ سُن کر بشن سنگھ اچھل کر ایک طرف ہٹا اور دوڑ کر اپنے باقی ماندہ ساتھیوں کے پاس پہنچ گیا۔ پاکستانی سپاہیوں نے اسے پکڑ لیا اور دوسری طرف لے جانے لگے، مگر اس نے چلنے سے انکار کر دیا۔ ''ٹوبہ ٹیک سنگھ یہاں ہے اور زور زور سے چلّانے لگا۔'' اوپڑی گڑگڑ دی اینکس دی بے دھیانا دی منگ دی دال آف ٹوبہ ٹیک سنگھ اینڈ پاکستان۔''

اسے بہت سمجھایا گیا کہ دیکھو، اب ٹوبہ ٹیک سنگھ ہندوستان میں چلا گیا ہے۔ اگر نہیں گیا تو اسے فوراً وہاں بھیج دیا جائے گا مگر وہ نہ مانا۔ جب اس کو زبردستی دوسری طرف لے جانے کی کوشش کی گئی تو وہ درمیان میں ایک جگہ اس انداز میں اپنی سوجی ہوئی ٹانگوں پر کھڑا ہو گیا جیسے اب اُسے کوئی طاقت وہاں سے نہیں ہلا سکے گی۔

آدمی چونکہ بے ضرر تھا اس لئے اس سے مزید زبردستی نہ کی گئی۔ اس کو وہیں کھڑا رہنے دیا گیا اور تبادلے کا باقی کام ہوتا رہا۔ سورج نکلنے سے پہلے ساکت صامت بشن سنگھ کے حلق سے ایک فلک شگاف چیخ نکلی ادھر اُدھر کئی افسر دوڑے آئے اور دیکھا کہ وہ آدمی جو پندرہ برس تک دن رات اپنی ٹانگوں پر کھڑا رہا، اوندھے مُنہ لیٹا تھا۔ ادھر خاردار تاروں کے پیچھے ہندوستان تھا۔ ادھر ویسے ہی تاروں کے پیچھے پاکستان۔ درمیان میں زمین کے اس ٹکڑے پر جس کا کوئی نام نہیں تھا ٹوبہ ٹیک سنگھ پڑا تھا۔

☆☆

خواجہ احمد عباس

میری موت

لوگ سمجھتے ہیں کہ سردار جی مارے گئے۔

نہیں۔ یہ میری موت ہے۔ پرانے ''میں'' کی موت۔ میرے تعصبات کی موت۔ اس منافرت کی موت جو میرے دل میں تھی۔

میری یہ موت کیسے ہوئی؟ یہ بتانے کے لئے مجھے اپنے پرانے مردہ ''میں'' کو زندہ کرنا پڑے گا۔ میرا نام شیخ برہان الدین ہے۔

جب دہلی اور نئی دہلی میں فرقہ وارانہ قتل و غارت کا بازار گرم اور مسلمان کا خون سستا ہو گیا تو میں نے سوچا واہ ری قسمت پڑوسی بھی ملا تو سکھ۔ حق ہمسائیگی ادا کرنا اور جان بچانا تو کجا، نہ جانے کب کرپان بھونک دے۔ بات یہ ہے کہ اس وقت تک سکھوں پر ہنستا بھی تھا۔ اُن سے ڈرتا بھی تھا اور کافی نفرت بھی کرتا تھا۔ آج سے نہیں بچپن سے میں شاید چھ برس کا تھا۔ جب پہلی بار میں نے ایک سکھ کو دیکھا تھا جو دھوپ میں بیٹھا اپنے بالوں میں کنگھی کر رہا تھا۔ میں چلا پڑا۔ ''ارے وہ دیکھو، عورت کے منہ پر کتنی لمبی داڑھی!'' جیسے جیسے عمر گزرتی گئی یہ استعجاب ایک نسلی نفرت میں تبدیل ہوتا گیا۔ گھر کی بڑی بوڑھیاں جب کسی بچے کے بارے میں نامبارک بات کا ذکر کرتیں۔ مثلاً یہ کہ اُسے نمونیہ ہو گیا تھا، یا اس کی ٹانگ ٹوٹ گئی تھی تو کہتیں ''اب سے دُور کسی سکھ فرنگی کو نمونہ ہو گیا تھا یا اب سے دور کسی سکھ فرنگی کی ٹانگ ٹوٹ گئی تھی۔ بعد کو معلوم ہوا کہ یہ کوسنا ۱۸۵۷ء کی یادگار تھا۔ جب ہندوستانی مسلمانوں کی جنگِ آزادی کو دبانے میں پنجاب کے سکھ راجوں اور اُن کی فوجوں نے فرنگیوں کا ساتھ دیا تھا۔ مگر اس وقت تاریخی حقائق پر نظر نہیں تھی،

صرف ایک مبہم سا خوف، ایک عجیب سی نفرت اور ایک عمیق تعصب، ڈر انگیریز سے بھی لگتا تھا اور سِکھ سے بھی۔ مگر انگریز سے زیادہ۔ مثلاً جب میں کوئی دس برس کا تھا۔ ایک روز دہلی سے علی گڑھ جا رہا تھا۔ ہمیشہ تھرڈ یا انٹر میں سفر ہوتا تھا۔ سوچا کہ اب کی بار سیکنڈ کلاس میں سفر کر کے دیکھا جائے ٹکٹ خرید لیا اور ایک خالی ڈبے میں بیٹھ کر گدّوں پر خوب کودا باتھ روم کے آئینے میں اپنا عکس دیکھا۔ سب پنکھوں کو ایک ساتھ چلا دیا۔ روشنیوں کو کبھی جلایا کبھی بجھایا۔ مگر ابھی گاڑی کے چلنے میں دو تین منٹ باقی تھے کہ لال لال منہ والے چار فوجی گورے آپس میں ڈیم بلاڈی قسم کی گفتگو کرتے ہوئے درجے میں گھس آئے۔ اُن کو دیکھنا تھا کہ سیکنڈ کلاس میں سفر کرنے کا شوق رفو چکر ہو گیا اور اپنا سُوٹ کیس گھسیٹتا میں بھاگا اور ایک نہایت کھچا کھچ بھرے ہوئے تھرڈ کلاس کے ڈبے میں آ کر دم لیا یہاں دیکھا تو کئی سِکھ داڑھیاں کھولے، کچھے پہنے بیٹھے تھے مگر میں اُن سے ڈر کر درجہ چھوڑ کر نہیں بھاگا۔ صرف اُن سے ذرا فاصلے پر بیٹھ گیا۔

ہاں، تو ڈر سکھوں سے بھی لگتا تھا مگر انگریزوں سے اُن سے زیادہ۔ مگر انگریز انگریز تھے اور کوٹ پتلون پہنتے تھے جو میں پہننا چاہتا تھا اور ڈیم بلاڈی فول والی زبان بولتے تھے جو میں بھی سیکھنا چاہتا تھا۔ اس کے علاوہ وہ حاکم تھے اور میں بھی چھوٹا موٹا حاکم بننا چاہتا تھا۔ وہ کانٹے چھری سے کھانا کھاتے تھے اور میں بھی کانٹے چھری سے کھانا کھانے کا خواہاں تھا تا کہ دنیا مجھے مہذب سمجھے مگر سِکھوں سے جو ڈر لگتا تھا، وہ حقارت آمیز اور کتنے عجیب الخلقت تھے۔ یہ سکھ جو مرد ہو کر بھی سر کے بال عورتوں کی طرح لمبے لمبے رکھتے تھے۔ یہ اور بات ہے کہ انگریزی فیشن کی نقل میں سر کے بال مُنڈانا مجھے بھی پسند نہیں تھا۔ ابّا کے اِس حکم کے باوجود کہ ہر جمعہ کو سر کے بال خشخشی کرائے جائیں۔ میں نے بال خوب بڑھا رکھے تھے تا کہ ہاکی اور فٹ بال کھیلتے وقت بال ہوا میں اڑیں جیسے انگریز کھلاڑیوں کے۔ ابا کہتے 'یہ کیا عورتوں کی طرح پٹے بڑھا رکھے ہیں مگر ابا تو تھے ہی پُرانے دقیانوسی خیال کے۔ ان کی بات کون سُنتا تھا۔ اُن کا بس چلتا تو سر پر اُسترا چلوا کر بچپن میں بھی ہمارے چہروں پر داڑھیاں بندھوا دیتے، اور پھر داڑھی، داڑھی میں بھی فرق ہوتا ہے۔ مثلاً

ابّا کی داڑھی جس کو نہایت اہتمام سے نائی فرنچ کٹ بنایا کرتا تھایا تایا ابّا کی داڑھی جو نکیلی اور چونچ دار تھی۔ مگر یہ بھی کیا کہ داڑھی کو کبھی قینچی لگے ہی نہیں۔ جھاڑ جھنکار کی طرح بڑھتی ہی رہے بلکہ تیل اور دہی اور نہ جانے کیا کیا ملکر بڑھائی جائے اور جب کئی فٹ لمبی ہو جائے تو اس میں کنگھی کی جائے جیسے عورتیں سر کے بالوں میں کرتی ہیں..........عورتیں یا مجھ جیسے اسکول کے فیشن ایبل لڑکے۔ اس کے علاوہ دادا جان کی داڑھی بھی کئی فٹ لمبی تھی اور وہ بھی اس میں کنگھی کرتے تھے۔ مگر دادا جان کی بات اور تھی۔ آخر وہ.....میرے دادا جان ٹھہرے اور سکھ پھر سکھ تھے۔

میٹرک کرنے کے بعد مجھے پڑھنے لکھنے کے لئے مسلم یونیورسٹی علی گڑھ بھیجا گیا۔ کالج میں جو پنجابی لڑکے پڑھتے تھے، اُن کو ہم دہلی اور یوپی والے نیچ، جاہل اور اُجڈ سمجھتے تھے نہ بات کرنے کا سلیقہ نہ کھانے پینے کی تمیز۔ تہذیب و تمدّن چھو نہیں گئے تھے۔ گنوار لٹھ۔ یہ بڑے بڑے لسّی کے گلاس پینے والے بھلا کیوڑے دار فالودے اور پیشن کی چائے کی لذت کیا جانیں۔ زبان نہایت نا شائستہ۔ بات کریں تو معلوم ہو لڑ رہے ہیں۔ اَسی، تُسی، ساڈے، تہاڈے....لاحول ولاقوۃ۔ میں تو ہمیشہ ان پنجابیوں سے کتراتا تھا مگر خدا بھلا کرے ہمارے وارڈن صاحب کا کہ انہوں نے ایک پنجابی کو میرے کمرے میں جگہ دیدی۔ میں نے سوچا چلو جب ساتھ ہی رہنا ہے تو تھوڑی بہت حد تک دوستی ہی کر لی جائے۔ کچھ دنوں میں کافی گاڑھی چھننے لگی۔ اس کا نام غلام رسول تھا۔ راولپنڈی کا رہنے والا تھا۔ کافی مزے دار آدمی تھا اور لطیفے خوب سُنایا کرتا تھا۔

اب آپ کہیں گے ذکر شروع ہوا تھا سردار صاحب کا یہ غلام رسول کہاں سے ٹپک پڑا مگر اصل میں غلام رسول کا اس قصے سے قریبی تعلق ہے۔ بات یہ ہے کہ وہ جو لطیفے سُناتا تو وہ عام طور سے سکھوں کے بارے میں ہوتے تھے۔ جن کو سن کر مجھے پوری سکھ قوم کی عادات و خصائل، اُن کی نسلی خصوصیات اور اجتماعی کیریکٹر کا بخوبی علم ہو گیا تھا۔ بقول غلام رسول کے:۔

سکھ تمام بیوقوف اور بدھو ہوتے ہیں۔ بارہ بجے تو اُن کی عقل بالکل خبط ہو جاتی ہے۔ اس کے ثبوت میں کتنے ہی واقعات بیان کئے جا سکتے ہیں مثلاً ایک سردار جی دن کے بارہ بجے سائیکل پر سوار امرت سر کے ہال بازار سے گزر رہے

تھے۔چورا ہے پر ایک سکھ کانسٹیبل نے روکا اور پوچھا "تمہاری سائکل کی لائٹ کہاں ہے؟" سائکل سوار سردار جی گڑگڑا کر بولے "جمعدار صاحب ابھی ابھی بُجھ گئی ہے گھر سے جلا کر تو چلا تھا۔" اس پر سپاہی نے چالان کرنے کی دھمکی دی۔ایک راہ چلتے سفید داڑھی والے سردار جی نے بیچ بچاؤ کرایا۔"چلو بھائی کوئی بات نہیں لائٹ بُجھ گئی ہے تو اب جلالو تو سُننے والوں کے پیٹ میں بَل پڑ جاتے تھے۔اصل میں اُن کو سُننے کا مزہ پنجابی میں تھا کیونکہ اُجڈ سکھوں کی عجیب وغریب حرکتوں کے بیان کرنے کا حق کچھ پنجابی جیسی اُجڈ زبان ہی میں ہو سکتا ہے۔

سکھ نہ صرف بیوقوف اور بدھو تھے بلکہ گندے تھے جیسا کہ ایک ثبوت تو غلام رسول کا (جس نے سیکڑوں سکھوں کو دیکھا تھا) یہ تھا کہ وہ بال نہیں منڈاتے تھے۔اس کے علاوہ برخلاف ہم صاف ستھرے نمازی مسلمانوں کے جو ہر اتھوارے جمعہ کے جمعہ غسل کرتے ہیں، یہ سکھ کچھا باندھ سب کے سامنے نَل کے نیچے بیٹھ کر نہاتے تو روز ہیں مگر اپنے بالوں اور داڑھی میں نا جانے کیا کیا گندی اور غلیظ چیزیں ملتے ہیں۔مثلاً دہی۔ویسے تو میں بھی سر میں لائم جیوس گلیسرین لگاتا ہوں جو کسی قدر گاڑھے دُودھ سے مشابہ ہوتی ہے مگر اس کی بات اور ہے۔وہ ولایت کی مشہور پرفیومر فیکٹری سے نہایت خوبصورت شیشی میں آتی ہے اور دہی کسی گندے سندے حلوائی کی دکان سے۔

خیر جی ہمیں دوسروں کے رہنے سہنے کے طریقوں ہمیں کیا لینا۔مگر سکھوں کا سب سے بڑا قصور تھا کہ لوگ اکھڑ پن، بدتمیزی اور مار دھاڑ میں مسلمانوں کا مقابلہ کرنے کی جرأت کرتے ہیں۔اب دنیا جانتی ہے کہ ایک اکیلا مسلمان دس ہندوؤں یا سکھوں پر بھاری ہوتا ہے۔مگر پھر بھی سکھ مسلمانوں کے رُعب کو نہیں مانتے تھے۔کرپانیں لٹکائے، اکڑ اکڑ کر مونچھوں بلکہ داڑھی پر بھی تاؤ دیتے چلتے تھے۔غلام رسول کہتا اُن کی ہیکڑی ایک دن ہم ایسی نکالیں گے کہ خالصہ جی یاد ہی تو کریں گے۔

کالج چھوڑے کئی سال گزر گئے۔طالب علم سے میں کلرک سے ہیڈ کلرک بن گیا۔علی گڑھ کا ہوسٹل چھوڑ نئی دہلی میں ایک سرکاری کوارٹر میں رہنا سہنا اختیار کر لیا۔شادی ہوگئی۔بچے ہو گئے

مگر کتنی ہی مدت کے بعد۔ مجھے غلام رسول کا وہ کہنا یاد آیا جب ایک سردار صاحب میرے برابر کے کوارٹر میں رہنے کو آئے ـــــــ یہ راول پنڈی سے بدلی کرا کر آئے تھے کیوں کہ راول پنڈی کے ضلع میں غلام رسول کی پیش گوئی کے بموجب سرداروں کی ہیکڑی اچھی طرح سے نکالی گئی تھی۔ مجاہدوں نے اُن کا صفایا کر دیا تھا۔ بڑے سورما بنتے تھے، کرپانیں لئے پھرتے تھے۔ بہادر مسلمانوں کے سامنے اُن کی ایک نہ بنی۔ اُن کی داڑھیاں مونڈ کر اُن کو مسلمان بنایا گیا تھا۔ زبردستی اُن کا ختنہ کیا گیا تھا۔ ہندو پریس حسبِ عادت مسلمانوں کو بدنام کرنے کے لئے یہ لکھ رہا تھا کہ سکھ عورتوں اور بچوں کو بھی مسلمانوں نے قتل کیا ہے۔ حالانکہ یہ اسلامی روایات کے خلاف ہے۔ کوئی مسلمان مجاہد کبھی عورت یا بچے پر ہاتھ نہیں اُٹھاتا۔ رہیں عورتوں اور بچوں کی لاشوں کی تصویریں جو چھاپی جا رہی تھیں، وہ یا تو جعلی تھیں، اور یا سکھوں نے مسلمانوں کو بدنام کرنے کے لئے خود اپنی عورتوں اور بچوں کو قتل کیا ہوگا۔ راولپنڈی اور مغربی پنجاب کے مسلمانوں پر یہ بھی الزام لگایا گیا تھا کہ انہوں نے ہندو اور سکھ لڑکیوں کو بھگایا تھا حالانکہ واقعہ صرف اتنا ہے کہ مسلمانوں کی جواں مردی کی دھاک بیٹھی ہے اور اگر نوجوان مسلمانوں پر ہندو اور سکھ لڑکیاں خود ہی لٹو ہو جائیں تو اُن کا کیا قصور ہے کہ وہ تبلیغِ اسلام کے سلسلے میں اِن لڑکیوں کو اپنی پناہ میں لے لیں۔ ہاں تو سکھوں کی نام نہاد بہادری کا بھانڈا پھوٹ گیا تھا۔ بھلا اب تو ماسٹر تارا سنگھ لاہور میں کرپان نکال کر مسلمانوں کو دھمکیاں دے۔ پنڈی سے بھاگے ہوئے سردار اور اُس کی خستہ حالی دیکھ کر میرا سینہ عظمتِ اسلام کی رُوح سے بھر گیا۔

ہمارے پڑوسی سردار جی کی عمر کوئی ساٹھ برس کی ہوگی۔ داڑھی بالکل سفید ہو چکی تھی، حالانکہ موت کے منہ سے بچ کر آئے تھے۔ مگر یہ حضرت ہر وقت دانت نکالتے ہنستے رہتے تھے، جس سے صاف ظاہر ہوتا تھا کہ وہ دراصل کتنا بیوقوف اور بے حِس ہے۔ شروع شروع میں انہوں نے مجھے اپنی دوستی کے جال میں پھنسانا چاہا۔ آتے جاتے زبردستی باتیں کرنا شروع کر دیں۔ نہ جانے سکھوں کا کون سا تہوار تھا اس دن پرشادی کی مٹھائی بھی بھیجی (جو میری بیوی نے فوراً مہترانی کو

دے دی) پر میں نے زیادہ منہ نہ لگایا۔کوئی بات کی تو کوئی سوکھا سا جواب دے دیا اور بس میں جانتا تھا کہ سیدھے مُنہ دو چار باتیں کرلیں تو یہ پیچھے ہی پڑ جائے گا۔آج باتیں تو کل گالم گفتار۔ گالیاں تو آپ جانتے ہی ہیں۔سکھوں کی دال روٹی ہوتی ہے کون اپنی زبان گندی کرے۔ایسے لوگوں سے تعلقات بڑھا کر۔ہاں ایک اتوار کی دوپہر کو میں اپنی بیوی کو سکھوں کی حماقت کے قصے سُنا رہا تھا۔اس کا عملی ثبوت دینے کے لئے عین بارہ بجے میں نے اپنے نوکر کو سردار جی کے ہاں بھیجا کہ پُوچھ کر آئے کیا بجا ہے؟''انہوں نے کہلوا دیا کہ بارہ بج کر دو منٹ ہوئے ہیں''میں نے کہا'' بارہ بجے کا نام لیتے گھبراتے ہیں یہ۔''اور ہم خوب ہنسے۔اس کے بعد میں نے کئی بار بے وقوف بنانے کیلئے سردار جی سے پوچھا''کیوں سردار جی!بارہ بج گئے؟''اور وہ بے شرمی سے دانت پھاڑ کر جواب دیتے جی اساں دے تاں چوبیس گھنٹے بارہ بجے رہتے ہیں''اور یہ کہہ کر خوب ہنسے۔گویا بڑا مذاق ہوا۔

مجھے سب سے زیادہ ڈر بچوں کی طرف سے تھا۔اوّل تو کسی سکھ کا اعتبار نہیں۔کب بچے ہی کے گلے پر کرپان چلا دے۔پھر یہ لوگ۔راولپنڈی سے آئے تھے۔ضرور دل میں مسلمانوں کی طرف سے کینہ رکھتے ہوں گے اور انتقام لینے کی تاک میں ہوں گے۔میں نے بیوی کو تاکید کر دی تھی کہ بچے ہرگز سردار جی کے کوارٹر کی طرف نہ جانے دیئے جائیں۔پر بچے تو بچے ہی ہوتے ہیں ۔چند روز بعد میں نے دیکھا کہ سردار جی کی چھوٹی لڑکی موہنی اور اُن کے پوتوں کے ساتھ کھیل رہے ہیں۔یہ بچی جس کی عمر مشکل سے دس برس کی ہوگی سچ مچ موہنی ہی تھی۔گوری چٹی،اچھا ناک نقشہ،بڑی خوبصورت۔کمبخوں کی عورتیں کافی خوبصورت ہوتی ہیں۔مجھے یاد آیا غلام رسول کہا کرتا تھا کہ اگر پنجاب سے سکھ مرد چلے جائیں اور اپنی عورتوں کو چھوڑ جائیں تو پھر حُوروں کی تلاش کی ضرورت نہیں۔ہاں تو جب میں نے بچوں کو سردار جی کے بچوں کے ساتھ کھیلتے دیکھا تو میں انہیں گھسیٹتا ہوا اندر لے آیا اور خوب پٹائی کی۔پھر میرے سامنے کم سے کم اُن کی ہمت نہ ہوتی کہ اُدھر کا رُخ کریں۔

بہت جلدی سکھوں کی اصلیت پوری طرح ظاہر ہوگئی۔ راول پنڈی سے تو ڈرپوکوں کی طرح پٹ کر بھاگ کر آئے تھے۔ پر مشرقی پنجاب میں مسلمانوں کو اقلیت میں پاکر ان پر ظلم ڈھانا شروع کر دیا ــــــ ہزاروں بلکہ لاکھوں مسلمانوں کو جامِ شہادت پینا پڑا۔ اسلامی خون کی ندیاں بہہ گئیں۔ ہزاروں عورتوں کو برہنہ کر کے جلوس نکالا گیا۔ جب سے مغربی پنجاب سے بھاگے ہوئے سکھ اتنی بڑی تعداد میں دہلی میں آنے شروع ہوئے تھے۔ اس وبا کا یہاں تک پہنچانا یقینی ہوگیا تھا۔ میرے پاکستان جانے میں ابھی چند ہفتے کی دیر تھی۔ اسلئے میں نے اپنے بڑے بھائی کے ساتھ اپنے بیوی بچوں کو ہوائی جہاز سے کراچی بھیج دیا۔ اور خود خدا پر بھروسہ کر کے ٹھہرا رہا۔ ہوائی جہاز میں سامان تو زیادہ جہیں جاسکتا تھا، اس لئے میں نے پوری ایک ویگن بک کرالی مگر جس دن سامان چڑھانے والے تھے اس دن سنا کہ پاکستان جانیوالی گاڑیوں پر حملے ہو رہے ہیں۔ اسلئے سامان گھر میں پڑا رہا۔

۱۵ راگست کو آزادی کا جشن منایا گیا مگر مجھے اس آزادی میں کیا دلچسپی تھی۔ میں نے چھٹی منائی، اور دن بھر لیڈر، ڈان اور پاکستان ٹائمز کا مطالعہ کرتا رہا۔ دونوں میں نام نہاد آزادی کے چیتھڑے اُڑائے گئے تھے اور ثابت کیا گیا تھا کہ کس طرح ہندوؤں اور انگریزوں نے مل کر مسلمانوں کا خاتمہ کرنے کی سازش کی تھی۔ وہ تو ہمارے قائدِ اعظم کا اعجاز تھا کہ پاکستان لے کر ہی رہے۔ اگرچہ انگریزوں نے ہندوؤں اور سکھوں کے دباؤ میں آ کر امرتسر کو ہندوستان کے حوالے کر دیا۔ حالانکہ دنیا جانتی ہے، امرت سر خالص اسلامی شہر ہے اور یہاں کی سنہری مسجد جو (GOLDEN MOSQU) کے نام سے دنیا میں مشہور ہے........ نہیں وہ گردوارہ ہے اور (GOLDEN TEMPLE) کہلاتا ہے۔ سنہری مسجد تو دہلی میں ہے۔ سنہری مسجد ہی نہیں، جامع مسجد بھی ہے لال قلعہ ہے۔ نظام الدین اُولیا کا مزار، ہمایوں کا مقبرہ، صفدر جنگ کا مدرسہ۔ غرض کہ چپے چپے پر اسلامی حکومت کے نشان پائے جاتے ہیں۔ پھر بھی آج اُسی دہلی بلکہ کہنا چاہئے شاہ جہان آباد میں ہندو سامراج کا جھنڈا بلند کیا جا رہا تھا۔ ''رو لے اب دِل کھول کے اے

دیدۂ خونبار.........اور یہ سوچ کر میرا دل بھر آیا کہ دہلی جو کبھی مسلمانوں کا پایہ تخت تھا، تہذیب و تمدن کا گہوارہ تھا، ہم سے چھین لیا گیا تھا اور ہمیں مغربی پنجاب اور سندھ بلوچستان جیسے اُجڈ اور غیر متمدن علاقے میں زبردستی بھیجا جاتا ہے۔ جہاں کسی کو شُستہ اُردو زبان بھی بولنی نہیں آتی جہاں شلوار ایں جیسا مضحکہ خیز لباس پہنا جاتا ہے۔ جہاں ہلکی پھلکی سی پاؤ بھر میں بیس چپاتیوں کی بجائے دو دو سیر کی نانیں کھائی جاتی ہیں۔ پھر میں نے اپنے دل کو مضبوط کر کے سوچا کہ قائدِ اعظم اور پاکستان کی خاطر یہ قربانی تو ہمیں دینی ہی ہوگی مگر پھر بھی دلّی چھوڑنے کے خیال سے دل مُرجھایا ہی رہا.... شام کو جب میں باہر نکلا اور سردار جی نے دانت نِکال کر کہا" کیوں بابو جی! تم نے آج کچھ کُھشی نہیں منائی؟" تو میرے جی میں آئی کہ اُس کی داڑھی میں آگ لگا دوں۔ ہندوستان کی آزادی اور دِل میں سِکھا شاہی آخر رنگ لا کر رہی۔ اب مغربی پنجاب سے آئے ہوئے رفیوجیز (REFUGEES) کی تعداد ہزاروں سے لاکھوں تک پہنچ گئی۔ یہ لوگ دراصل پاکستان کو بدنام کرنے کے لئے اپنے گھر بار چھوڑ کر، وہاں سے بھاگے تھے۔ یہاں آکر گلی کوچوں میں اپنا رونا روتے تھے پھرتے تھے۔ کانگریسی پراپیگنڈ مسلمانوں کے خلاف زوروں پر چل رہا تھا اور اس بار کانگریسیوں نے چال یہ چلی کہ بجائے کانگریس کا نام لینے کے راشٹریہ سیوک سنگھ اور شہیدی دل کے نام سے کام کر رہے تھے۔ حالانکہ دُنیا جانتی ہے کہ یہ ہندو چاہے کانگریسی ہوں یا مہا سبھائی، سب ایک تھیلی کے چٹے بٹے ہیں۔ چاہے دُنیا کو دکھانے کی خاطر وہ بظاہر گاندھی اور جواہر لال نہرو کو گالیاں ہی کیوں نہ دیتے ہوں۔

ایک دن صبح کو خبر آئی کہ دہلی میں قتلِ عام شروع ہوگیا۔ قرول باغ میں مسلمانوں کے سیکڑوں گھر پھونک دیئے گئے ہیں۔ چاندنی چوک کے مسلمانوں کی دوکانیں لوٹ لی گئیں اور ہزاروں کا صفایا ہوگیا۔ یہ تھا کانگریس کے ہندو راج کا نمونہ۔ خیر میں نے سوچا نئی دہلی تو مدت سے انگریزوں کا شہر رہا ہے۔ لارڈ ماؤنٹ بیٹن یہاں رہتے ہیں۔ کمانڈر انچیف یہاں رہتا ہے۔ کم سے کم یہاں مسلمانوں کے ساتھ ایسا ظلم نہ ہونے دیں گے۔ یہ سوچ کر میں دفتر کی طرف چلا۔

کیونکہ اس دن مجھے پراوڈ نڈ کا حساب کرنا تھا کہ دفتر کا ایک ہندو بابو ملا۔ اُس نے کہا" یہ کیا کر رہے ہو۔ جاؤ واپس جاؤ۔ باہر نہ نکلنا کناٹ پلیس میں بلوائی مسلمانوں کو مار رہے ہیں۔ میں واپس بھاگ آیا۔

اپنے اسکوٹر میں پہنچا ہی تھا کہ سردار جی سے مڈ بھیڑ ہوگئی۔ کہنے لگے۔ شیخ جی فکر نہ کرنا۔ جب تک ہم سلامت ہیں تمہیں کوئی ہاتھ نہیں لگا سکتا۔'' میں نے سوچا اس کی داڑھی کے پیچھے کتنا مکر چھپا ہے۔ دل میں تو خوش ہے۔ چلو اچھا ہوا مسلمانوں کا صفایا ہو رہا ہے.... مگر زبانی ہمدردی جتا کر مجھ پر احسان کر رہا ہے بلکہ شاید مجھے چڑھانے کے لئے یہ کہہ رہا ہے۔ کیونکہ سارے اسکوئر میں بلکہ تمام سڑک پر میں تنِ تنہا مسلمان تھا۔

پر مجھے اِن کافروں کا رحم و کرم نہیں چاہیئے۔ میں سوچ کر اپنے کوارٹر میں آگیا۔ میں مارا بھی جاؤں گا تو دس بیس کو مار کر۔ سیدھا اپنے کمرے میں گیا جہاں پلنگ کے نیچے، میری دونلی شکاری بندوق رکھی تھی۔ جب سے فسادات شروع ہوئے تھے۔ میں نے کارتوس اور گولیوں کا بھی کافی ذخیرہ جمع کر رکھا تھا۔ پر وہاں بندوق نہ ملی۔ سارا گھر چھان مارا۔ اس کا کہیں پتہ نہ چلا۔

''کیوں حضور کیا ڈھونڈ رہے ہیں آپ؟ یہ میرا وفادار ملازم موجود تھا۔

''میری بندوق کیا ہوئی؟ میں نے پوچھا۔

اس نے کوئی جواب نہ دیا۔ مگر اس کے چہرے سے صاف ظاہر تھا کہ اُسے معلوم ہے۔ شاید اس نے چھپائی ہے، یا چُرائی ہے۔''

''بولتا کیوں نہیں؟'' میں نے ڈانٹ کر کہا۔ تو حقیقت معلوم ہوئی کی ممدو نے میری بندوق چُرا کر اپنے چند دوستوں کو دیدی تھی، جو دریا گنج میں مسلمانوں کی حفاظت کے لئے ہتھیاروں کا ذخیرہ جمع کر رہے تھے۔

''کئی سو بندوقیں ہیں سرکار ہمارے پاس۔ سات مشین گنیں، دس ریوالور اور ایک توپ۔ کافروں کو بھون کر رکھ دیں گے۔ بھون کر۔''

میں نے کہا" دریا گنج میں میری بندوق سے کافروں کو بھون دیا گیا تو اس میں میری حفاظت کیسے ہوگی؟ میں تو یہاں نہتا کافروں کے نرغے میں پھنسا ہوا ہوں۔ یہاں مجھے بھون دیا گیا تو کون ذمے دار ہوگا؟" میں نے ممد سے کہا۔

وہ کسی طرح چھپتا چھپاتا دریا گنج تک جائے اور وہاں سے میری بندوق اور سو دو سو کارتوس لیکر آئے۔ وہ چلا تو گیا مگر مجھے یقین تھا کہ اب وہ لوٹ کر نہیں آئے گا۔

اب میں گھر میں بالکل اکیلا رہ گیا تھا۔ سامنے کارنس پر میری بیوی اور بچوں کے تصویریں خاموشی سے مجھے گھور رہی تھیں۔ یہ سوچ کر میری آنکھوں میں آنسو آگئے کہ اب اُن سے کبھی ملاقات ہوگی بھی یا نہیں لیکن پھر یہ خیال کر کے اطمینان بھی ہوا کہ کم سے کم وہ تو خیریت سے پاکستان پہنچ گئے تھے۔ کاش میں نے پراوڈنٹ فنڈ کا لالچ نہ کیا ہوتا اور پہلے ہی چلا گیا ہوتا۔ پر اب پچھتانے سے کیا ہوتا ہے.....

ست سری اکال..... ہر ہر مہادیو۔"

دُور سے آوازیں قریب آرہی تھی۔ یہ بلوائی تھے۔ یہ میری موت کے ہرکارے تھے۔ میں نے زخمی ہرن کی طرح ادھر اُدھر دیکھا۔ جو گولی کھا چکا ہو اور جس کے پیچھے شکاری کُتے لگے ہوں۔ بچاؤں کی کوئی صورت نہ تھی۔ کوارٹر کے کواڑ پتلی لکڑی کے تھے اور اُن میں شیشے لگے ہوئے تھے۔ اگر میں بند ہو کر بیٹھ بھی رہا تو دو منٹ میں بلوائی کواڑ توڑ کر اندر آسکتے تھے" ست سری اکال۔ ہر ہر مہادیو۔"

آوازیں اور قریب آرہی تھیں۔ میری موت قریب آرہی تھی۔

اتنے میں دروازے پر دستک ہوئی۔ سردار جی داخل ہوئے۔ "شیخ جی! ہمارے کوارٹر میں آجاؤ۔ جلدی کرو۔" بغیر سوچے سمجھے! اگلے لمحے میں سردار جی کے برآمدے کی چکوں کے پیچھے تھا۔ موت کی گولی سن سے میرے سر پر سے گذر گئی۔ کیونکہ میں وہاں داخل ہی ہوا تھا کہ ایک لاری آکر رُکی اور اس میں سے دس پندرہ نوجوان اُترے۔ اُن کے لیڈر کے ہاتھ میں ایک ٹائپ کی

ہوئی فہرست تھی۔ کوارٹر ۸ شیخ برہان الدین۔ اُس نے کاغذ پر نظر ڈالتے ہوئے حکم دیا اور غول کا غول میرے کوارٹر پر ٹوٹ پڑا۔ میری گرہستی کی دُنیا میری آنکھوں کے سامنے اُجڑ گئی۔ لٹ گئی۔ کرسیاں میز صندوق، تصویر۔ کتابیں، دریاں قالین، یہاں تک کہ میلے کپڑے ہر چیز لاری پر پہنچادی گئی۔

ڈاکو!

لٹیرے!!

قزاق!!!

اور یہ سردار جی جو بظاہر ہمدردی جتا کر مجھے لے آئے تھے۔ یہ کون سے کم لٹیرے تھے؟ باہر جا کر بلوائیوں سے کہنے لگے "ٹھہریئے صاحب۔ اس گھر پر ہمارا حق زیادہ ہے ہمیں بھی لُوٹ میں حصہ ملنا چاہئے اور یہ کہہ کر انھوں نے اپنے بیٹے اور بیٹی کو اشارہ کیا اور وہ بھی لوٹ میں شامل ہوگئے۔ کوئی میری پتلون اُٹھائے چلا رہا ہے۔ کوئی سوٹ کیس، کوئی میری بیوی بچوں کی تصویریں بھی لا رہا ہے اور یہ سب مال غنیمت سیدھا اندر کے کمرے میں جا رہا تھا۔

اچھا رے سردار! زندہ رہا تو تجھ سے پوچھوں گا۔ پر اس وقت تو میں چوں بھی نہیں کر سکتا تھا کیوں کہ فسادی جو سب مسلح تھے مجھ سے چند گز کے فاصلے پر تھے۔ اگر انھیں کہیں معلوم ہوگیا کہ میں یہاں ہوں....

"ارے اندر آؤ تو سی!"

دفعتاً میں نے دیکھا کہ سرادر جی ننگی کرپان ہاتھ میں لئے مجھے اندر بلا رہے ہیں۔ میں نے ایک بار اس ڈرمیل چہرے کو دیکھا جو لوٹ مار کی بھاگ دوڑ سے اور بھی خوفناک ہو گیا تھا، اور پھر کرپان کو جس کی چمکیلی دھار مجھے دعوتِ موت دے رہی تھی، بحث کرنے کا موقع نہیں تھا۔ اگر میں کچھ بھی بولا اور بلوائیوں نے سُن لیا تو ایک گولی میرے سینے کے پار ہوگی۔ کرپان اور بندوق میں سے ایک کو پسند کرنا تھا۔ میں نے سوچا ان دس بندوق باز بلوائیوں سے یہ کرپان والا بڈھا بہتر

ہے۔ میں کمرے میں چلا گیا جھجکتا ہوا خاموش۔

''اِتنے نہیں۔ اِدس اندر آؤ۔''

میں اندر کمرے میں چلا گیا جیسے بکرا قصائی کے ساتھ ذبح خانے میں داخل ہوتا ہے۔ میری آنکھیں کرپان کی دھار سے چوندھیائی جا رہی تھی۔

''لو جی۔ اپنی چیزیں سنبھال لو یہ کہہ کر سردار جی نے وہ تمام سامان میرے سامنے رکھ دیا جو انھوں نے اور اُنکے بچوں نے جھوٹ مُوٹ کی لوٹ میں حاصل کیا تھا۔

سردارنی بولی ''بیٹا ہم تو تیرا کچھ بھی سامان نہ بچا سکے''۔ میں کوئی جواب نہ دے سکا اتنے میں باہر سے کچھ آوازیں سُنائی دیں۔ بلوائی میری لوہے کی الماری کو باہر نکال رہے تھے اور اُس کو توڑنے کی کوشش کر رہے تھے۔

''اس کی چابیاں مِل جاتیں تو سب معاملہ آسان ہو جاتا۔''

''چابیاں تو اس کی پاکستان میں ملیں گی۔ بھاگ گیا نہ ڈرپوک کہیں کا۔ مسلمان کا بچہ تھا مقابلہ کرتا ـــــــ''

ننھی موہنی میری بیوی کے چند ریشمی قمیص اور غرارے نہ جانے کس سے چھین کر لا رہی تھی کہ اُس نے یہ سُنا۔ وہ بولی ''تم بڑے بہادر ہو! شیخ جی ڈرپوک کیوں ہونے لگے۔ وہ تو کوئی پاکستان نہیں گئے۔''

''نہیں گیا تو یہاں سے کہیں منہ کالا کر گیا۔''

''مُنہ کالا کیوں کرتے وہ تو ہمارے ہاں.........

میرے دل کی حرکت ایک لمحے کے لئے بند ہو گئی۔ بچّی اپنی غلطی کا احساس کرتے ہی خاموش ہو گئی۔ مگر ان بلوائیوں کے لئے یہی کافی تھا۔

سردار جی پر جیسے خون سوار ہو گیا۔ انھوں نے مجھے اندر کے کمرے میں بند کر کے کنڈی لگا دی۔ اپنے بیٹے کے ہاتھ میں کرپان دی اور خود باہر نکل گئے۔ باہر کیا ہوا یہ مجھے ٹھیک طرح معلوم

نہ ہوا۔ تھپڑوں کی آواز ـــــــ پھر موہنی کے رونے کی آواز اور اس کے بعد سردار جی کی آواز۔ پنجابی گالیاں کچھ سمجھ میں نہ آیا کہ کسے گالیاں دے رہے ہیں اور کیوں۔ میں چاروں طرف سے بند تھا۔ اس لئے ٹھیک سُنائی نہ دیتا تھا۔

اور پھر ـــــــ گولی چلنے کی آواز ـــــــ سردارنی کی چیخ

لاری روانہ ہونے کی گڑگڑاہٹ اور پھر تمام اسکوائر پر جسے سناٹا چھا گیا۔ جب مجھے کمرے کی قید سے نکالا گیا تو سردار جی پلنگ پر پڑے تھے اور اُن کے سینے کے قریب۔ سفید قمیص خون سے سُرخ ہو رہی تھی۔ اُن کا لڑکا کا ہمسائے کے گھر سے ڈاکٹر کو ٹیلیفون کر رہا تھا۔

''سردار جی! یہ تم نے کیا کیا؟'' میری زبان سے نہ جانے یہ الفاظ کیسے نکلے۔ میں مبہوت تھا۔ میری برسوں کی دنیا خیالات محسوسات، تعصبات کی دُنیا کھنڈر ہو گئی تھی۔

''سردار جی یہ تم نے کیا کیا؟

''مجھے کرجا اُتارنا تھا بیٹا!''

''قرضہ؟''

''ہاں! راول پنڈی میں تمہارے جیسے ہی ایک مسلمان نے اپنی جان دے کر میری اور میرے گھر والوں کی جان اور عزت بچائی تھی۔''

''کیا نام تھا اس کا سردار جی؟''

''گُلام رسُول۔''

''غلام رسُول!''

اور مجھے ایسا معلوم ہوا جیسے میرے ساتھ قسمت نے دھوکا کیا ہو۔ دیوار پر لٹکے ہوئے گھنٹے نے بارہ بجانے شروع کئے۔ ایک........دو........تین........چار........پانچ........

سردار جی کی نگاہیں گھنٹے کی طرف گئیں جیسے مسکرا رہے ہوں اور مجھے اپنے دادا یاد آ گئے جن کی کئی فٹ لمبی داڑھی تھی۔ سردار جی کی شکل اِن سے کتنی ملتی تھی۔

چھ.....سات......آٹھ.....نو.........

جیسے وہ ہنس رہے ہوں، اُن کی سفید داڑھی اور سر کے کھلے ہوئے بالوں نے چہرے کے گرد ایک نورانی ہالہ سا بنایا ہوا تھا۔

دس.........گیارہ.........بارہ..........

جیسے وہ کہہ رہے ہوں ''مّی اساں رے ہاں تو چوبیس گھنٹے بارہ بجے رہتے ہیں۔

پھر نگاہیں ہمیشہ کے لئے بند ہو گئیں۔

اور میرے کانوں میں غلام رسول کی آواز دور سے بہت دُور سے آئی۔ میں کہتا تھا کہ بارہ بجے ان سکھوں کی عقل غائب ہو جاتی ہے اور یہ کوئی نہ کوئی حماقت کر بیٹھتے ہیں۔ اب اِن سردار جی ہی کو دیکھو نا __________ ایک مسلمان کی خاطر اپنی جان دیدی۔

پر یہ سردار جی مرے نہیں تھے میں مرا تھا!

☆☆

راجندر سنگھ بیدی

لاجونتی

''ہتھ لائیاں کملاں نی لاجونتی دے بوٹے......''

(یہ چھوئی موئی کے پودے ہیں ری ہاتھ بھی لگاؤ تو کمہلا جاتے ہیں۔)

______ایک پنجابی گیت

بٹوارا ہوا اور بے شمار زخمی لوگوں نے اٹھ کر اپنے بدن پر سے خون پونچھ ڈالا اور پھر سب مل کر ان کی طرف متوجہ ہو گئے جن کے بدن صحیح وسالم تھے، لیکن دل زخمی.....

''گلی گلی محلے محلے'' پھر بساؤ'' کمیٹیاں بن گئی تھیں اور شروع شروع میں بڑی تندہی کے ساتھ'' کاروبار میں بساؤ'' '' زمین پر بساؤ'' اور گھروں میں بساؤ پروگرام شروع کر دیا گیا تھا لیکن ایک پروگرام ایسا تھا جس کی طرف کسی نے توجہ نہ دی تھی۔ وہ پروگرام مغویہ عورتوں کے سلسلے میں تھا جس کا سلوگن تھا'' دل میں بساؤ'' اور پروگرام کی نارائن باوا کے مندر اور اس کے آس پاس بسنے والے قدامت پسند طبقے کی طرف سے بڑی مخالفت ہوئی تھی

اس پروگرام کو حرکت میں لانے کے لئے مندر کے پاس محلے ''ملا شکور'' میں ایک کمیٹی قائم ہو گئی اور گیارہ ووٹوں کی اکثریت سے سندر لال بابو کو اس کا سکیریٹری چن لیا گیا۔ وکیل صاحب صدر، چوکی کلاں کا بوڑھا محرر اور محلے کے دوسرے معتبر لوگوں کا خیال تھا کہ سندر لال سے زیادہ جانفشانی کے ساتھ اس کام کو کوئی اور نہ کر سکے گا۔ شاید اس لئے کہ سندر لال کی بیوی اغوا ہو چکی تھی اور اس کا نام بھی لاجو......لاجونتی تھا۔

چنانچہ پربھات پھیری نکالتے ہوئے جب سندر لال بابو، اس کا ساتھی رسالو اور نیکی رام وغیرہ مل کر گاتے'' ہتھ لائیاں کملانی لاجونتی دے بوٹے......'' تو سندر لال کی آواز ایک دم بند

ہو جاتی اور وہ خاموشی کے ساتھ چلتے چلتے لاجونتی کی بات سوچتا، جانے وہ کہاں گئی ہوگی۔ کس حال میں ہوگی، ہماری بابت کیا سوچ رہی ہوگی، وہ کبھی آئے گی بھی یا نہیں؟.....اور پتھر یلے فرش پر چلتے چلتے اس کے قدم لڑکھڑانے لگتے۔

اور اب تو یہاں تک نوبت آگئی تھی کہ اس نے لاجونتی کے بارے میں سوچنا چھوڑ دیا تھا۔ اس کا غم اب دنیا کا غم ہو چکا تھا۔ اس نے اپنے دکھ سے بچنے کے لئے پبلک سیوا میں اپنے آپ کو غرق کر دیا۔ اس کے باوجود دوسرے ساتھیوں کی آواز میں آواز ملاتے ہوئے اسے یہ خیال ضرور آتا کہ انسانی دل کتنا نازک ہوتا ہے۔ ذرا سی بات پر اسے ٹھیس لگ سکتی ہے۔ وہ لاجونتی کے پودے کی طرح ہے۔ جس کی طرف ہاتھ بھی بڑھاؤ تو کھلا جاتا ہے لیکن اس نے اپنی لاجونتی کے ساتھ بد سلوکی کرنے میں کوئی بھی کسر نہ اٹھا رکھی تھی۔ وہ اسے جگہ بے جگہ اٹھنے بیٹھنے، کھانے کی طرف بے توجہی برتنے اور ایسی ہی معمولی باتوں پر پیٹ دیا کرتا تھا۔

اور لاجو ایک پتلی شہتوت کی ڈالی کی طرح نازک سی دیہاتی لڑکی تھی۔ زیادہ دھوپ دیکھنے کی وجہ سے اس کا رنگ سنولا چکا تھا۔ طبیعت میں ایک عجیب طرح بے قراری تھی۔ اس کا اضطرار شبنم کے اس قطرے کی طرح تھا جو پارہ بن کر اس بڑے سے پتے پر کبھی ادھر اور کبھی ادھر لڑھکتا رہتا ہے۔ اس کا دبلا پن اس کی صحت کے خراب ہونے کی دلیل نہ تھی، ایک صحت مندی کی نشانی تھی جسے دیکھ کر بھاری بھر کم سندر لال پہلے تو گھبرایا لیکن جب اس نے دیکھا کہ لاجو ہر قسم کا بوجھ، ہر قسم کا صدمہ حتیٰ کہ مار پیٹ تک سہ گزرتی ہے تو وہ اپنی بد سلوکی کو بتدریج بڑھاتا گیا اور اس نے حدوں کا خیال ہی نہ کیا جہاں پہنچ جانے کے بعد کسی بھی انسان کا صبر ٹوٹ سکتا ہے۔ اس حدوں کو دھندلا دینے میں لاجونتی خود بھی تو ممد ثابت ہوئی تھی۔ چونکہ وہ دیر تک اداس نہ بیٹھ سکتی تھی اس لئے بڑی سے بڑی لڑائی کے بعد بھی سندر لال کے صرف ایک بار مسکرا دینے پر وہ اپنی ہنسی نہ روک سکتی اور لپک کر اس کے پاس چلی آتی اور گلے میں بانہیں ڈالتے ہوئے کہہ اٹھتی ______ ''پھر مارا تو میں تم سے نہیں بولوں گی.....'' صاف پتہ چلتا تھا کہ وہ ایک دم ساری مار پیٹ بھول چکی ہے۔ گاؤں کی

دوسری لڑکیوں کی طرح وہ بھی جانتی تھی کہ مرد ایسا ہی سلوک کیا کرتے ہیں بلکہ عورتوں میں کوئی بھی سرکشی کرتی لڑکیاں خود ہی ناک پر انگلی رکھ کے کہتیں ______ ''لے وہ بھی کوئی مرد ہے۔ بھلا۔ عورت جس کے قابو میں نہیں آتی۔اور یہ مار پیٹ دن کے گیتوں میں چلی گئی تھی خود لاجو گایا کرتی تھی میں شہر کے لڑکے سے شادی نہ کروں گی۔ وہ بوٹ پہنتا ہے اور میری کمر بڑی پتلی ہے لیکن پہلی فرصت میں لاجو نے شہر ہی کی ایک لڑکے سے لو لگالی اور کا نام تھا سندر لال، جو ایک برات کے ساتھ لاجونتی کے گاؤں چلا آیا تھا اور اس نے دولہا کے کان میں صرف اتنا سا کہا تھا ''تیری سالی تو بڑی نمکین ہے یار، بیوی بھی چٹ پٹی ہوگی'' لاجونتی نے سندر لال کی اس بات کو سن لیا تھا مگر وہ یہ بھول ہی گئی کہ سندر لال کتنے بڑے بڑے اور بھدے بوٹ پہنے ہوئے ہے اور اس کی اپنی کمر کتنی پتلی!

اور پربھات پھیری کے سمے ایسی ہی باتیں سندر لال کو یاد آئیں اور وہ یہی سوچتا ایک بار، صرف ایک بار لاجو مل جائے تو میں اسے سچ مچ ہی دل میں بسالوں اور لوگوں کو بتادوں ان بیچاری عورتوں کے اغوا ہو جانے میں ان کا کوئی قصور نہیں۔فسادیوں کی ہوسناکیوں کا شکار ہونے میں ان کی کوئی غلطی نہیں۔ وہ سماج جوان معصوم اور بے قصور عورتوں کو قبول نہیں کرتا۔ انہیں اپنا نہیں لیتا، ایک گلا سڑا سماج ہے اور اسے ختم کردینا چاہئے..........وہ ان عورتوں کو گھروں میں آباد کرنے کی تلقین کیا کرتا اور انہیں ایسا مرتبہ دینے کی پریرنا کرتا جو گھر میں کسی بھی عورت، کسی بھی ماں، بیٹی، بہن یا بیوی کو دیا جاتا ہے۔ پھر وہ کہتا ______ انہیں اشارے اور کنائے سے بھی ایسی باتوں کی یاد نہیں دلانی چاہئے جوان کیساتھ ہوئیں ______ کیوں کہ ان کے دل زخمی ہیں۔ وہ نازک ہیں، چھوئی موئی کی طرح ______ ہاتھ بھی لگاؤ تو کمھلا جائیں گی........

''دل میں بساؤ'' پروگرام کو عملی جامہ پہنانے کے لئے محلہ ملاّ شکور کی اس کمیٹی نے کئی پربھات پھیریاں نکالیں۔صبح چار پانچ بجے کا وقت ان کے لئے موزوں ترین وقت ہوتا تھا۔ نہ لوگوں کا شور، نہ ٹریفک کی الجھن، رات بھر چوکیداری کر کے کتے تک بجھے ہوئے تنوروں میں

سردے کر پڑے ہوتے تھے۔اپنے اپنے بستروں میں دبکے ہوئے لوگ پربھات پھیری والوں کی آواز سن کر صرف اتنا کہتے ــــــــ او! وہی منڈلی ہے! اور پھر کبھی صبر اور کبھی تنگ مزاجی سے وہ بابو سندر لال کا اندوہ گیں پروپیگنڈا سنا کرتے۔عورتیں جو بڑی محفوظ اس پار پہنچ گئی تھیں گوبھی کے پھولوں کی طرح پھیلی پڑی رہتیں اور ان کے خاوند ان کے پہلو میں ڈنٹھلوں کی طرح اکڑے پڑے پڑے پربھات پھیری کے شور پر احتجاج کرتے "دل میں بساؤ" کے فریادی اور اندوہ گیں پروپگنڈے کو صرف ایک گانا سمجھ کر پھر سو جاتا۔

لیکن صبح کے سمے کان میں پڑا ہوا شبد بیکار نہیں جاتا۔وہ سارا دن ایک تکرار کے ساتھ دماغ میں چکر لگاتا رہتا ہے اور بعض وقت تو انسان اس کے معنی کو بھی نہیں سمجھتا۔پر گنگناتا چلا جاتا ہے۔ اسی آواز کے گھر کر جانے کی بدولت ہی تھا کہ انہیں دنوں جب کہ مس ہر دولا سارا بھائی ہند اور پاکستان کے درمیان اغوا شدہ عورتیں تبادلے میں لائیں تو محلہ ملا شکور کے کچھ آدمی انہیں پھر سے بسانے کے لئے تیار ہو گئے۔ان کے وارث شہر سے باہر چوکی کلاں پر انہیں ملنے کے لئے گئے۔ مغویہ عورتیں اور ان کے لواحقین کچھ دیر ایک دوسرے کو دیکھتے رہے اور پھر سر جھکائے اپنے اپنے برباد گھروں کو پھر سے آباد کرنے کے کام پر چل دیتے۔رسالو اور نیکی رام اور سندر لال بابو کبھی "مہندر سنگھ زندہ باد" اور کبھی "سوہن لال زندہ باد" کے نعرے لگاتے......اور وہ نعرے لگاتے رہے حتیٰ کہ ان کے گلے سوکھ گئے۔

لیکن مغویہ عورتوں میں ایسی بھی تھیں جن کے شوہروں، جن کے ماں باپ، بہن بھائیوں نے انہیں پہچاننے سے انکار کر دیا تھا۔آخر وہ مر کیوں نہ گئیں؟ اپنی عفت اور عصمت کو بچانے کے لئے انہوں نے زہر کیوں نہ کھا لیا؟ کنویں میں چھلانگ کیوں نہ لگا دی؟ وہ بزدل تھیں جو اس طرح زندگی سے چمٹی ہوئی تھیں۔سینکڑوں ہزاروں عورتوں نے اپنی عصمت لٹ جانے سے پہلے اپنی جان دے دی لیکن انہیں کیا پتہ کہ وہ زندہ رہ کر کس بہادری سے کام لے رہی ہیں۔کیسے پتھرائی ہوئی آنکھوں سے موت کو گھور رہی ہیں ایسی دنیا میں جہاں ان کے شوہر تک انہیں نہیں پہچانتے۔

پھران میں سے کوئی بی بی جی میں اپنا نام؛ ہراتی ـــــ سہاگ وتی ــــــ سہاگ........اور اپنے بھائی کو اس جم غفیر میں دیکھ کر آخری بار اتنا کہتی.........تو بھی مجھے نہیں پہچانتا بہادری؟ میں نے تجھے گودی کھلایا تمہارے.......اور بہادری چلا دینا چاہتا۔ پھر وہ ماں باپ کی طرف دیکھتا اور ماں باپ اپنے جگر پر ہاتھ رکھ کے نارائن بابا کی طرف دیکھتے اور نہایت بے بسی کے عالم میں نارائن بابا آسماں کی طرف دیکھتا جو دراصل کوئی حقیقت نہیں رکھتا اور جو صرف ہماری نظر کا دھوکا ہے۔ جو صرف ایک حد ہے جس کے پار ہماری نگاہیں کام نہیں کرتیں۔

لیکن فوجی ٹرک میں مس سارا بھائی تبادلے میں جو عورتیں لائیں، ان میں لاجونہ تھی۔ سندر لال نے امید و بیم سے آخری لڑکی کو ٹرک سے نیچے اترتے دیکھا اور پھر اس نے بڑی خاموشی اور بڑے عزم سے اپنی کمیٹی کی سرگرمیوں کو دو چند کردیا۔ اب وہ صرف صبح کے سمے ہی پر بھات پھیری کے لئے نہ نکلتے تھے بلکہ شام کو بھی جلوس نکالنے لگے اور کبھی کبھی ایک آدھ چھوٹا موٹا جلسہ بھی کرنے لگے جس میں کمیٹی کا بوڑھا صدر وکیل کالکا پرشاد صوفی کھنکاروں سے ملی جلی ایک تقریر کر دیا کرتا اور رسالو ایک پیکدان لئے ڈیوٹی پر ہمیشہ موجود رہتا۔ لاؤڈ اسپیکر سے عجیب طرح کی آوازیں آتیں۔ پھر کہیں نیکی رام محرر چوکی کچھ کہنے اٹھتے لیکن وہ جتنی بھی باتیں کرتے اور یوں میدان ہاتھ سے جاتے دیکھ کر سندر لال بابو اٹھتا لیکن ایک دو فقروں کے علاوہ کچھ بھی نہ کہہ پاتا۔ اس کا گلا رک جاتا۔ اس کی آنکھوں سے آنسو بہنے لگتے اور روہانسا ہونے کے کارن وہ تقریر نہ کر پاتا۔ آخر بیٹھ جاتا۔ لیکن مجمع پر ایک عجیب طرح کی خاموشی چھا جاتی اور سندر لال بابو کی ان دو باتوں کا اثر جو کہ اس کے دل کی گہرائیوں سے چلی آتیں، وکیل کالکا پرشاد صوفی کی ساری ناصحانہ فصاحت پر بھاری ہوتا لیکن لوگ وہیں رو دیتے، اپنے جذبات کو آسودہ کر لیتے اور پھر خالی الذہن گھر لوٹ جاتے۔

ایک روز کمیٹی والے سانجھ کے سمے بھی پرچار کرنے چلے آئے اور ہوتے ہوتے قدامت پسندوں کے گڑھ میں پہنچ گئے۔ مندر کے باہر پیپل کے پیڑ کے اردگرد سیمنٹ کے تھڑے پر کئی

شروع ہو چکے تھے اور رامائن کی کتھا ہو رہی تھی۔ نارائن بابا رامائن کا وہ حصہ سنا رہے تھے جہاں ایک دھوبی نے اپنی دھوبن کو گھر سے نکال دیا تھا۔ اور اس سے کہہ دیا ـــــ میں راجا رام چندر نہیں جو اتنے سال راون کے ساتھ رہ آنے پر بھی سیتا کو بسا لے گا اور رام چندر جی نے مہاستونتی سیتا کو گھر سے نکال دیا ـــــ ایسی حالت میں جب کہ وہ گربھ وتی تھی۔" کیا اس سے بھی بڑھ کر رام راج کا کوئی ثبوت مل سکتا ہے؟" ـــــ نارائن باوا نے کہا ـــــ "یہ ہے رام راج! جس میں ایک دھوبی کی بات کو بھی اتنی ہی قدر کی نگاہ سے دیکھا جاتا ہے۔"

کمیٹی کا جلوس مندر کے پاس رک چکا تھا اور لوگ رامائن کی کتھا اور شلوک کا وورن سننے کے لئے ٹھہر چکے تھے۔ سندر لال آخری فقرے سنتے ہوئے کہہ اٹھا۔

"ہمیں ایسا رام راج نہیں چاہئے بابا!"

"چپ رہو جی" ـــــ "تم کون ہوتے ہو؟" ـــــ خاموش! مجمع سے آوازیں آئیں اور سندر لال نے بڑھ کر کہا ـــــ "مجھے بولنے سے کوئی نہیں روک سکتا۔"

پھر ملی جلی آوازیں آئیں ـــــ "خاموش! ـــــ ہم نہیں بولنے دیں گے۔" اور ایک کونے میں سے یہ بھی آواز آئی ـــــ "مار دیں گے۔"

نارائن بابا نے بڑی میٹھی آواز میں کہا ـــــ "تم شاستروں کی مان مرجادا کو نہیں سمجھتے سندر لال!"

سندر لال نے کہا ـــــ "میں ایک بات سمجھتا ہوں بابا ـــــ رام راج میں دھوبی کی آواز تو سنی جاتی ہے لیکن سندر لال کی نہیں۔"

انہیں لوگوں نے جو ابھی مارنے پہ تلے تھے، اپنے نیچے سے پیپل کی گولریں ہٹا دیں اور پھر سے بیٹھے ہوئے بول اٹھے۔ "سنو، سنو، سنو،......"

رسالوں اور نیکی رام نے سندر لال بابو کو ٹہوکا دیا اور سندر لال بولے۔ "شری رام نیتا تھے، پر یہ کیا بات ہے بابا جی، انہوں نے دھوبی کی بات کو ستیہ سمجھ لیا، مگر اتنی بڑی مہارانی کے ستیہ پر وشواس

نہ کر پائے؟''

نارائن بابا نے اپنی داڑھی کی کھچڑی پکاتے ہوئے کہا ـــــ ''اس لئے کہ سیتا ان کی اپنی پتنی تھی۔سندر لال! تم اس بات کی مہانتا کو نہیں جانتے۔''

''ہاں بابا ـــــ '' سندر لال بابو جی نے کہا ـــــ ''اس سنسار میں بہت سی ایسی ایسی باتیں جو میری سمجھ میں نہیں آتیں۔ میں سچا رام راج اسے سمجھتا ہوں جس میں انسان اپنے آپ پر ظلم نہیں کر سکتا۔ اپنے آپ سے بے انصافی کرنا اتنا ہی بڑا پاپ ہے جتنا کسی دوسرے سے بے انصافی کرنا....... آج بھی بھگوان رام نے سیتا کو گھر سے نکال دیا ہے۔ اس لئے کہ وہ راون کے پاس رہ آئی....... اس میں کیا قصور تھا سیتا کا؟ کیا وہ بھی ہماری بہت سی ماؤں بہنوں کی طرح ایک چھل اور کپٹ کی شکار نہ تھی؟ اس میں سیتا کے اور استیہ کی بات ہے یا راکشش راون کے وحشی پن کی جس کے دس سر انسان کے تھے لیکن ایک اور سب سے بڑا سر گدھے کا؟

.........آج ہماری سیتا نردوش گھر سے نکال دی گئی ہے..........سیتا....... لاجونتی.......اور سندر لال بابو نے رونا شروع کر دیا۔ رسالو اور نیکی رام نے تمام وہ سُرخ جھنڈے اٹھا لئے جن پر آج ہی اسکول کے چھوکروں نے بڑی صفائی سے نعرے کاٹ کر چپکا دیئے تھے اور پھر وہ سب ''سندر لال بابو زندہ باد'' کے نعرے لگاتے ہوئے چل دیئے۔ جلوس میں سے ایک نے کہا ـــــ ''مہا ستی سیتا زندہ باد'' ایک طرف سے آواز آئی۔ ''شری رام چندر......''

اور پھر بہت سی آوازیں آئیں ـــــ ''خاموش! خاموش!'' اور نارائن باوا کی مہینوں کی کتھا اکارت چلی گئی۔ بہت سے لوگ جلوس میں شامل ہو گئے جس کے آگے آگے وکیل کالکا پرشاد حکم سنگھ محرر چوکی کلاں جا رہے تھے، اپنی بوڑھی چھڑیوں کو زمین پر مارتے اور ایک فاتحانہ سی آواز پیدا کرتے ہوئے ـــــ اور ان کے درمیان کہیں سندر لال جا رہا تھا۔ اس کی آنکھوں سے ابھی تک آنسو بہہ رہے تھے۔ آج اس کے دل کو بری طرح ٹھیس لگی تھی اور لوگ بڑے جوش کے ساتھ ایک دوسرے کے ساتھ مل کر گا رہے تھے۔

''ہتھ لائیاں کملاں نی لاجونتی دے بوٹے.....'' ابھی گیت کی آواز لوگوں کے کانوں میں گونج رہی تھی۔ ابھی صبح بھی نہیں ہو پائی تھی اور محلہ ملاشکور کے مکان ۴۱۴ کی بدھوا ابھی تک اپنے بستر میں کربناک انگڑائیاں لے رہی تھی کہ سندر لال کا ''گرائیں'' لال چند جسے اپنا اثر درسوخ استعمال کر کے سندر لال اور خلیفہ کالکا پرشاد نے راشن ڈپو لے دیا تھا، دوڑا دوڑا آیا اور اپنے گاڑھے کی چادر سے ہاتھ پھیلائے ہوئے بولا ____

'بدھائی ہو سندر لال۔''

سندر لال میٹھا گڑ چلم میں رکھتے ہوئے کہا ____ ''کس بات کی بدھائی لال چند؟''

''میں نے لاجو بھابی کو دیکھا ہے۔''

سندر لال کے ہاتھ سے چلم گر گئی اور میٹھا تمبا کو فرش پر گر گیا ____ ''کہاں دیکھا ہے؟'' اس نے لال چند کو کندھوں سے پکڑتے ہوئے پوچھا اور جلد جواب نہ پانے پر جھنجھوڑ دیا۔

''واگہ کی سرحد پر۔''

سندر لال نے لال چند کو چھوڑ دیا اور اتنا سا بولا ''کوئی اور ہوگی۔''

لال چند نے یقین دلاتے ہوئے کہا ____ ''نہیں بھیا وہ لاجو ہی تھی لاجو....''

''تم اسے پہچانتے بھی ہو؟'' سندر لال نے پھر سے میٹھے تمبا کو کو فرش پر سے اٹھاتے اور ہتھیلی پر مسلتے ہوئے پوچھا اور ایسا کرتے ہوئے اس نے رسالو کی چلم حقے پر سے اٹھالی اور بولا ____ ''بھلا کیا پہچان ہے اس کی؟''

''ایک تیندولہ ٹھوڑی پر ہے دوسرا گال پر ____''

''ہاں ہاں ہاں'' اور سندر لال نے خود ہی کہہ دیا۔ ''تیسرا ماتھے پر''۔ وہ نہیں چاہتا تھا اب کوئی خدشہ رہ جائے اور ایک دم اسے لاجونتی کے جانے پہچانے جسم کے سارے تیندولے یاد آگئے جو اس نے بچپنے میں اپنے جسم پر بنوائے تھے جو ان ہلکے ہلکے سبز دانوں کی مانند تھے جو چھوئی موئی کے پودے کے بدن پر ہوتے ہیں اور جس کی طرف اشارہ کرتے ہی وہ کمھلانے لگتا ہے۔

بالکل اسی طرح ان تیندلوں کی طرف انگلی کرتے ہی لاجونتی شرماتی تھی ____ اور گم ہو جاتی تھی، اپنے آپ میں سمٹ جاتی تھی۔ گویا اس کے سب راز کسی کو معلوم ہو گئے ہوں اور کسی نامعلوم خزانے کے لٹ جانے سے وہ مفلس ہو گئی ہو .... سندر لال کا سارا جسم ایک اَن جانے خوف، ایک ان جانی محبت اور اس کی مقدس آگ میں پھنکنے لگا اس نے پھر سے لال چند کو پکڑ لیا اور پوچھا ____

''لاجو واگہ کیسے پہنچ گئی؟''

لال چند نے کہا ____ ''ہند پاکستان میں عورتوں کا تبادلہ ہو رہا تھا نا۔''

''پھر کیا ہوا ____؟ سندر لال نے اکڑوں بیٹھتے ہوئے کہا۔'' کیا ہوا پھر؟''۔

رسالو بھی اپنی چارپائی پر اٹھ بیٹھا اور تمباکو نوشوں کی مخصوص کھانسی کھانستے ہوئے بولا ____ ''سچ مچ آ گئی ہے لجونتی بھابی؟''

لال چند نے اپنی بات جاری رکھتے ہوئے کہا۔'' واگہ پر سولہ عورتیں پاکستان نے دے دیں اور اس کے عوض سولہ عورتیں لے لیں ____ لیکن ایک جھگڑا کھڑا ہو گیا۔ ہمارے والنیٹر اعتراض کر رہے تھے کہ تم نے جو عورتیں دی ہیں ان میں ادھیڑ بوڑھی اور بیکار عورتیں زیادہ ہیں۔ اس تنازع پر لوگ جمع ہو گئے اور ادھر کے والنیٹروں نے لاجو بھابی کو دکھاتے ہوئے کہا'' تم اسے بوڑھی کہتے ہو؟ دیکھو..... دیکھو.... جتنی عورتیں تم نے دی ہیں ان میں سے ایک بھی برابری کرتی ہے اس کی؟ اور ہاں لاجو بھابی سب کی نظروں کے سامنے اپنے تیندولے چھپا رہی تھی۔''

پھر جھگڑا بڑھ گیا۔ دونوں نے اپنا اپنا '' مال'' واپس لے لینے کی ٹھان لی۔ میں نے شور مچایا ____ ''لاجو ____ لاجو بھابی..... مگر ہماری فوج کے سپاہیوں نے ہمیں ہی مار مار کے بھگا دیا۔

اور لال چند اپنی کہنی دکھانے لگا؟ جہاں اسے لاٹھی پڑی تھی۔ رسالو اور نیکی رام چپ چاپ بیٹھے رہے اور سندر لال کہیں دور دیکھنے لگا۔ شاید سوچنے لگا۔ لاجو آئی بھی پر نہ آئی..... اور سندر لال کی شکل ہی سے جان پڑتا تھا جیسے وہ بیکانیر کا صحرا پھاند کر آیا ہے اور اب کہیں درخت کی چھاؤں

میں زبان نکالے ہانپ رہا۔منہ سے اتنا بھی نہیں نکلتا ــــــ ''پانی دے دو''۔اسے یوں محسوس ہوا۔ بٹوارے سے پہلے اور بٹوارے کے بعد کا تشدد ابھی تک کار فرما ہے۔صرف اس کی شکل بدل گئی ہے اب لوگوں میں پہلا سا دریغ بھی نہیں رہا۔کسی سے پوچھو، سانبھر والا میں لہنا سنگھ رہا کرتا تھا اور اس کی بھابی بنتو ــــــ تو وہ جھٹ سے کہتا ''مر گئے'' اور اس کے بعد موت اور اس کے مفہوم سے بالکل بے خبر بالکل عاری آگے چلا جاتا۔اس سے بھی ایک قدم آگے بڑھ کر بڑے ٹھنڈے دل سے تاجر انسانی مال، انسانی گوشت اور پوست کی تجارت اور اس کا تبادلہ کرنے لگے۔مویشی خریدنے والے کسی بھینس یا گائے کا جبڑا ہٹا کر دانتوں سے اس کی عمر کا اندازہ کرتے تھے۔

اب وہ جوان عورت کے روپ، اس کے نکھار، اس کے عزیز ترین رازوں، اس کے تیندولوں کے شارع عام میں نمائش کرنے لگے۔تشدد اب تاجروں کی نس نس میں بس چکا ہے۔ پہلے منڈی میں مال بکتا تھا اور بھاؤ تاؤ کرنے والے ہاتھ ملا کر اس پر ایک رومال ڈال لیتے اور یوں ''گپتی'' کر لیتے گویا رومال کے نیچے انگلیوں کے اشاروں سے سودا ہو جاتا تھا۔اب ''گپتی'' کاروبار بھی ہٹ چکا تھا اور سامنے سودے ہو رہے تھے اور لوگ تجارت کے آداب بھی بھول گئے۔یہ سارا لین دین یہ سارا کاروبار پرانے زمانے کی داستان معلوم ہو رہا تھا جس میں عورتوں کی آزادانہ خرید و فروخت کا قصہ بیان کیا جاتا ہے۔ازبیک ان گنت عریاں عورتوں کے سامنے کھڑا ان کے جسموں کو ٹوہ ٹوہ کر دیکھ رہا ہے اور جب وہ کسی عورت کے جسم کو انگلی لگاتا ہے تو اس پر ایک گلابی سا گڑھا پڑ جاتا ہے اور اس کے اردگرد ایک زرد سا حلقہ اور پھر زردیاں اور سرخیاں ایک دوسرے کی جگہ لینے کے لئے دوڑتی ہیں......ازبیک آگے گزر جاتا ہے اور ناقابلِ قبول عورت ایک اعتراف شکست، ایک انفعالیت کے عالم میں ایک ہاتھ سے ازار بند تھامے اور دوسرے سے چہرے کو عوام کی نظروں سے چھپائے سسکیاں لیتی ہے........

سندر لال امرتسر (سرحد) جانے کی تیاری کر ہی رہا تھا کہ اسے لاجو کے آنے کی خبر ملی۔ ایک دم ایسی خبر مل جانے سے سندر لال گھبرا گیا۔اس کا ایک قدم فوراً دروازے کیطرف بڑھا لیکن

وہ پیچھے لوٹ آیا۔ اس کا جی چاہتا تھا کہ وہ روٹھ جائے اور کمیٹی کے تمام پلے کارڈوں اور جھنڈیوں کو بچھا کر بیٹھ جائے اور پھر روئے لیکن وہاں جذبات کا یوں مظاہرہ ممکن نہ تھا۔ اس نے مردانہ وار اس اندرونی کشاکش کا مقابلہ کیا اور اپنے قدموں کو ناپتے ہوئے چوکی کلاں کی طرف چل دیا کیونکہ وہی جگہ تھی جہاں مغویہ عورتوں کی ڈلیوری دی جاتی تھی۔ اب لاجو سامنے کھڑی تھی اور ایک خوف کے جذبے سے کانپ رہی تھی۔ وہی سندرلال کو جانتی تھی، اس کے سوائے کوئی نہ جانتا تھا۔ وہ پہلے ہی اس کے ساتھ ایسا سلوک کرتا تھا اور اب جب کہ وہ ایک مرد کے ساتھ زندگی کے دن بتا کر آئی تھی، نہ جانے کیا کرے گا۔" سندرلال نے لاجو کی طرف دیکھا۔ وہ خالص اسلامی طرز کا لال دوپٹہ اوڑھے تھی اور بائیں بکل مارے ہوئے تھی...... عادتاً محض عادتاً ــــــ دوسری عورتوں میں گھل مل جانے اور بلآخر اپنے صیاد کے دام سے بھاگ نکلنے کی آسانی تھی اور سندر کے بارے میں اتنا زیادہ سوچ رہی تھی کہ اسے کپڑے بدلنے یا دوپٹے کو ٹھیک سے اوڑھنے کا بھی خیال نہ رہا۔ وہ ہندو مسلمان کی تہذیب کی بنیادی فرق ــــــ دائیں بکل اور بائیں بکل میں امتیاز کرنے سے قاصر رہی تھی...... اب وہ سندرلال کے سامنے کھڑی تھی اور کانپ رہی تھی، ایک امید اور ایک ڈر کے جذبے کے ساتھ۔

سندرلال کو دھچکا سا لگا۔ اس نے دیکھا لاجونتی کا رنگ کچھ نکھر گیا تھا اور وہ پہلے کی بہ نسبت کچھ تندرست سی نظر آتی تھی۔ نہیں وہ موٹی ہوگئی تھی ــــــ سندرلال نے جو کچھ لاجو کے بارے میں سوچ رکھا تھا وہ سب غلط تھا۔ وہ سمجھتا تھا غم میں گھل جانے کے بعد لاجونتی بالکل مریل ہو چکی ہوگی اور آواز اس کے منہ سے نکالے نہ نکلتی ہوگی۔ اس خیال سے کہ وہ پاکستان میں بڑی خوش رہی ہے، اسے بڑا صدمہ ہوا، لیکن وہ چپ رہا کیونکہ اس نے چپ رہنے کی قسم کھا رکھی تھی۔ اگرچہ وہ نہ جان پایا کہ اتنی خوش تھی تو پھر چلی کیوں آئی؟ اس نے سوچا شاید ہند سرکار کے دباؤ کی وجہ سے اسے اپنی مرضی کے خلاف یہاں آنا پڑا ــــــ لیکن اس چیز کو وہ نہ سمجھ سکا کہ لاجونتی کا سنولایا ہوا چہرہ زردی لئے ہوئے تھا اور غم محض غم سے اس کے بدن کے گوشت نے ہڈیوں کو چھوڑ دیا تھا۔ وہ

غم کی کثرت سے موٹی ہوگئی تھی اور صحت مند نظر آتی تھی لیکن یہ ایسی صحت مندی تھی جس میں دو قدم چلنے پر آدمی کا سانس پھول جاتا ہے.......

مغویہ کے چہرے پر پہلی نگاہ ڈالنے کا تاثر کچھ عجیب سا ہوا۔ لیکن اس نے سب خیالات کا ایک اثباتی مردانگی سے مقابلہ کیا۔ اور بھی بہت سے لوگ موجود تھے۔ کسی نے کہا۔____ "ہم نہیں لیتے مسلمران (مسلمان) کی جھوٹی عورت____ "اور یہ آواز رسالو؟ نیکی رام اور چوکی کلاں کے بوڑھے محرر کے نعروں میں گم ہو کر رہ گئی۔ ان سب آوازوں سے الگ کالکا پرشاد کی پھٹتی اور چلاتی آواز آرہی تھی۔ وہ سانس بھی لیتا اور بولتا بھی جاتا۔ وہ اس نئی شدھی کا شدت سے قائل ہو چکا تھا۔ یوں معلوم ہوتا تھا آج اس نے کوئی نیا وید، کوئی نیا پران اور شاستر پڑھ لیا ہے اور اپنے اس حصول میں دوسروں کو بھی حصے دار بنانا چاہتا ہے.....ان سب لوگوں اور ان آوازوں میں گھر ہوئے لاجو اور سندر لال اپنے ڈیرے کو جارہے تھے اور ایسا جان پڑتا تھا جیسے ہزاروں سال پہلے کے رام چندر اور سیتا کسی بہت لمبے اخلاقی بن باس کے بعد اجودھیا لوٹ رہے ہیں۔ ایک طرف تو لوگ خوشی کے اظہار میں دیپ مالا کر رہے ہیں اور دوسری طرف انھیں اتنی لمبی اذیت دیئے جانے پر تاسف بھی۔

لاجونتی کے چلے آنے پر سندر لال بابو نے اسی شد و مد سے 'دل میں بساؤ' پروگرام کو جاری رکھا۔ اس نے قول اور فعل دونوں اعتبار سے اسے نبھا دیا تھا۔ اور وہ لوگ جنھیں سندر لال کی باتوں میں خالی خولی جذباتیت نظر آتی تھی، قائل ہونا شروع ہوئے۔ اکثر لوگوں کے دل میں خوشی تھی اور بیشتر کے دل میں افسوس۔ مکان نمبر ۴۱۴ کی بیوہ کے علاوہ محلہ ملا شکور کی بہت سی عورتیں سندر لال بابو سوشل ورکر کے گھر آنے سے گھبراتی تھیں۔

لیکن سندر لال کو کسی کی اعتنا یا بے اعتنائی کی پروا نہ تھی۔ اس کے دل کی رانی آچکی تھی اور اس کے دل کا خلا پٹ چکا تھا۔ سندر لال نے لاجو کی سورج مورتی کو اپنے دل میں استھاپت کر لیا تھا اور خود دروازے پر بیٹھا اس کی حفاظت کرنے لگا تھا۔ لاجو جو پہلے خوف سے سہمی رہتی تھی سندر لال

کے غیر متوقع نرم سلوک کو دیکھ آہستہ آہستہ کھلنے لگی۔

سندر لال لاجونتی کو اب لاجو کے نام سے نہیں پکارتا تھا، وہ اسے کہتا تھا'' دیوی!'' اور لاجو ایک انجانی خوشی سے پاگل ہو جاتی تھی۔ وہ کتنا چاہتی تھی سندر لال کو اپنی واردات کہہ سنائے اور سناتے سناتے اس قدر روئے کہ اس کے سب گناہ دھل جائیں، لیکن سندر لال لاجو کی وہ باتیں سننے سے گریز کرتا تھا اور لاجو اپنے کھل جانے میں بھی ایک طرح سے سمٹی رہتی۔ البتہ جب سندر لال سو جاتا تو اسے دیکھا کرتی اور اپنی اس چوری میں پکڑی جاتی۔ جب سندر لال اس کی وجہ پوچھتا تو وہ ''نہیں''، ''یونہیں''، ''اونہوں'' کے سوا اور کچھ نہ کہتی اور سارے دن کا تھکا ہارا سندر لال پھر اونگھ جاتا...... البتہ شروع شروع میں ایک دفعہ سندر لال نے لاجونتی کے 'سیاہ دنوں' کے بارے میں صرف اتنا سا پوچھا تھا۔

''کون تھا وہ؟''

لاجونتی نے نگاہ نیچی کرتے ہوئے کہا ____ ''جماں'' پھر وہ اپنی نگاہیں سندر لال کے چہرے پر جمائے کچھ کہنا چاہتی تھی لیکن سندر لال ایک عجیب سی نظروں سے لاجونتی کے چہرے کی طرف دیکھ رہا تھا اور اس کے بالوں کو سہلا رہا تھا۔ لاجونتی نے پھر آنکھیں نیچی کر لیں اور سندر لال نے پوچھا۔

''اچھا سلوک کرتا تھا وہ؟''

''ہاں۔''

''مارتا تو نہیں تھا۔''

لاجونتی نے اپنا سر سندر لال کی چھاتی پر سرکاتے ہوئے کہا ____ ''نہیں.....'' اور پھر بولی۔'' وہ مارتا نہیں تھا۔ پر مجھے اس سے زیادہ ڈر آتا تھا۔ تم مجھے مارتے بھی تھے پر میں تم سے ڈرتی نہیں تھی..... اب تو نہ مارو گے؟''

سندر لال کی آنکھوں میں آنسو امڈ آئے اور اس نے بڑی ندامت اور بڑے تاسف سے

کہا ـــــــ ’’نہیں دیوی! اب نہیں ...... نہیں ماروں گا.......‘‘

’’دیوی!‘‘ لاجونتی نے سوچا اور وہ بھی آنسو بہانے لگی۔

اور اس کے بعد لاجونتی سب کچھ کہہ دینا چاہتی تھی لیکن سندر لال نے کہا۔’’ جانے دو بیتی باتیں! اس میں تمہارا کیا قصور ہے۔ اس میں قصور ہے ہمارے سماج کا جو تجھ ایسی دیویوں کو اپنے ہاں عزت کی جگہ نہیں دیتا۔ وہ تمہاری ہانی نہیں کرتا اپنی کرتا ہے۔‘‘

اور لاجونتی کی من کی بات من ہی میں رہی۔ وہ کہہ نہ سکی ساری بات اور چپکی دبکی پڑی رہی اور اپنے بدن کی طرف دیکھتی رہی جو کہ بٹوارے کے بعد اب ’دیوی‘ کا بدن ہو چکا تھا۔ لاجونتی کا نہ تھا۔ وہ خوش تھی بہت خوش، لیکن ایک ایسی خوشی میں سرشار جس میں ایک شک تھا اور وسوسے۔ لیٹی لیٹی بیٹھ جاتی جیسے انتہائی خوشی کے لمحوں میں کوئی آہٹ پا کر ایکا یکی اس کی طرف متوجہ ہو جائے.......

جب بہت سے دن بیت گئے تو خوشی کی جگہ پورے شک نے لے لی۔ اس لئے نہیں کہ سندر لال بابو نے پھر وہی پرانی بدسلوکی شروع کر دی تھی بلکہ اس لئے کہ وہ لاجونتی سے لاجو کی وہی پرانی لاجو ہونا چاہتی تھی جو گاجر سے لڑ پڑتی اور مولی سے مان جاتی لیکن اب لڑائی کا سوال ہی نہ تھا۔ سندر لال نے اسے یہ محسوس کرا دیا جیسے وہ ـــــــ لاجونتی کوئی کانچ کی چیز ہے جو چھوتے ہی ٹوٹ جائے گی اور لاجو آئینے میں اپنے سراپا کی طرف دیکھتی اور آخر اس نتیجے پر پہنچتی کہ وہ اور تو سب کچھ ہو سکتی ہے پر لاجو نہیں ہو سکتی۔ وہ بس گئی، پر اجڑ گئی.... سندر لال کے پاس اس کے آنسو دیکھنے کے لئے آنکھیں تھیں اور نہ آہیں سننے کے لئے کان !....... پربھات پھیریاں نکلتی رہیں اور محلہ ملا شکور کا سدھارک رسالو اور نیکی رام کے ساتھ مل کر اسی آواز میں گاتا رہا۔

’’ہتھ لائیاں کملاں نی لاجونتی دے بوٹے......‘‘

☆☆

حجاب امتیاز علی

درزی

میں لاہور کے جگمگاتے فیشن ایبل لبرٹی مارکیٹ سے بیکرزان کی طرف جانکلی۔ اور اس راستے سے کرچیین ہاسٹل (یوسی ایچ) کی طرف کار موڑ رہی تھی کہ چند منٹوں میں ایک عجیب واقعہ پیش آیا۔ اس کی تفصیل من وعن آپ کو سناتی ہوں۔

اس واقعہ سے ایک دن پہلے رات کے پون بجے جب شمی نے مجھے کسی درزی کی دکان پر چلنے پر اصرار کیا تو میں حیران ہو کر بولی: ''مگر اس وقت؟''

''ہاں ہاں اسی وقت روحی ابھی ------ عید کی مصروفیت کی وجہ سے آج کل دن کے وقت درزی نہیں ملتا۔ تم جلدی سے اپنی کار نکالو'' شمی نے اِصرار کیا۔

''اچھا.........'' میں نے بادلِ ناخواستہ مان لیا اور گراج سے اپنی کار باہر نکال لائی شمی ایک گھبراہٹ اور پریشانی کے عالم میں اپنے کپڑوں کا بنڈل ہاتھ میں لئے کار میں میرے ساتھ ہی بیٹھ گئی۔

کچھ دیر بعد کار چلا کار چلاتے چلاتے میں نے پوچھا'' اتنی رات گئے تمہاری ضد پر نکلی ہوں۔ لاہور کوئی محفوظ شہر بھی نہیں ہے۔ تمہیں اپنے کپڑے لینے ہیں یا کسی درزی کی تلاش ہے؟''

''درزی کی تلاش ہے۔ موزوں درزی نہیں مل رہا۔ عید کا زمانہ ہے۔ چلو جلدی چلو۔'' اُس نے کہا۔

جب ہم گھر سے چلیں تو لوگوں کا ہجوم اُبلتے سمندر کی طرح ٹھاٹھیں مار رہا تھا۔ آنے والی عید کی خرید وفروخت پر لوگ یوں دیوانہ وار رواں دواں تھے جیسے عید پھر کبھی نہیں آئے گی۔ میں اور شمی

درزی کی تلاش میں بڑی تیزی کے ساتھ شہر کی طرف جا رہے تھیں۔ شاید کوئی خالی درزی مل جائے تو شمی اپنا لباس سلوائے شمی بڑبڑا رہی تھی "دیکھو تو روحی۔ آج کل انسان کس طرح انسان کے درپے آزار ہو رہا ہے۔ گاہکوں کو درزی نہیں ملتے اور لباس پہننے کی تاریخ سر پر آجاتی ہے۔"

میں ہنس پڑی۔ "یہ دنیا کا کوئی اتنا اہم مسئلہ نہیں ہے شمی۔ آج اس کائنات میں...... سوچتی ہوں تو انسان کے سبھی مسائل مجھے ادھورے ہی نظر آتے ہیں۔ تم ایک درزی کے مسئلے کو اتنی اہمیت دے رہی ہو!"

کپڑوں کی تھیلی سیٹ پر پھینکتے ہوئے شمی کہنے لگی۔ "ہر انسان کے لئے اپنا مسئلہ اہم ہوتا ہے روحی۔ تم جانتی ہو دو دن سے درزیوں کی دکان پر ماری ماری پھر رہی ہوں کہ خدا کے لئے میرا لباس سی دو۔ مجھے پرسوں پہننا ہے مگر کسی نے حامی نہ بھری۔ کہنے لگے چھ چھ مہینوں سے عید کے کپڑے سل رہے ہیں۔ اب نیا کپڑا نہیں لیا جا سکتا۔"

میں بولی۔ "ٹھیک تو کہتے ہیں۔ دیکھو اب عید سر پر آگئی ہے۔"

"لیکن یہ لباس مجھے عید سے پہلے پہننا ہے۔"

"عید سے پہلے؟" میں نے ذرا تعجب سے پوچھا۔

"ہاں....."

"ٹھیک ہے۔" میں نے کہا۔ "مگر تم یہ بھی جانتی ہو کہ پاکستان میں عید کی تیاریاں تمام رات بلکہ سحر کی اذان تک ہوتی رہتی ہیں۔ درزی بے چارے نماز سحر کے وقت دو گھڑی کے لئے دکان بند کرتے پھر اپنے کام پر لگ جاتے ہیں۔ اب تم عید کے بعد ہی اپنا جوڑا سلوانا۔"

وہ بھونچکی ہو کر مجھے دیکھنے لگی۔ "عجب باتیں کرتی ہو۔" یہ کہہ کر چپ ہو گئی۔ شہر کے درزیوں سے مایوس ہو کر اب ہم گھبر گ واپس جا رہی تھیں۔ شہر کا یہ حصہ نسبتاً پُرسکون ہے درزی کے نہ ملنے سے سہمی ہوئی گھر کی طرف لوٹ رہی تھیں۔ اچانک سڑک کے کنارے کھڑے ہوئے ایک بہت تناور درخت پر سے ایک ہولناک "قوقو" کی صدا بلند ہوئی جسے سن کر اسٹیرنگ پر مرے ہاتھ کانپ

گئے۔

شی کو بھی اس کا احساس ہوا پریشان ہوکر کہنے لگی۔ ''سنا تم نے؟ رات کا پرندہ اچانک چیخ اٹھا تھا۔ خدا کی پناہ۔''

میں بیحد خوف زدہ ہوکر کہنے لگی۔ ''شکر ہے کہ پرندہ تھا۔ انسانوں سے کتراتی ہوں۔ پرندے ان کی طرح ظالم نہیں ہوتے۔''

شی کہنے لگی۔ ''اس قسم کے پرندے تو ایشیائی گرم راتوں میں چیختے ہی رہتے ہیں۔''

''ہاں.....'' میں نے لرزاں آواز میں کہا۔ ''لیکن مجھ میں دوبارہ رات کے اس پرندے کی تو تو سننے کی ہمت نہیں، شی کچھ مخصوص سی آواز تھی.......''

شی کہنے لگی۔ ''روحی۔ کیا ہرج ہے ذرا لبرٹی مارکیٹ کے درزیوں سے بھی پوچھ لیں۔''

میں نے کار لبرٹی مارکیٹ کے آخری حصہ کی طرف موڑلی جہاں چند درزیوں کی دکانیں تھیں۔ مگر کسی نے حامی نہ بھری تو آخر مایوس ہوکر لبرٹی مارکیٹ سے ملحق بیکرزان کے چھوٹے رستے سے یوسی ایچ کی طرف چل پڑی۔ ہسپتال کے سامنے سے گزر رہی تھی کہ وہ میری کار کے آگے آگیا۔ شاید وہ سڑک پار کرنا چاہتا تھا، اگر میں نے بڑی ہوشمندی سے بریک نہ دبالیا ہوتا تو وہ قیمہ ہوجاتا۔ مجھے بے حد غصہ آیا۔ کار ٹھہرا کر میں نے چیخ کر کہا۔ ''تم اپنے ہوش میں ہو؟''

اس نے کوئی جواب نہ دیا۔ اس کے بغل میں ایک پوٹلی جس میں سے کچھ سفید رنگ کے کپڑے باہر لٹک رہے تھے۔

شی چیخ پڑی۔ ٹھہرو روحی۔ ٹھہرو.... شاید درزی ہو اس کے بغل میں کپڑے ہیں پھر کار سے گردن باہر نکال کر پوچھنے لگی۔ ''تم درزی ہو؟''

''ہاں......'' اُس نے اقرار کیا۔ مگر اُس کی آواز میں پھنکاری تھی۔ جیسے کوئی گلے کا مریض آہ بھر بھر رہا ہو۔

شی بے حد خوش ہوگئی کہنے لگی۔ ''تمہاری بغل میں کپڑوں کا بنڈل دیکھ کر میں سمجھ گئی تھی۔''

میری نظر دوبارہ درزی کے ادھ کھلے بدن پر گئی۔ کچھ کپڑے باہر لٹک رہے تھے۔

وہ سفید رنگ کے عجیب بے ڈھنگے سے لمبے لمبے کپڑے تھے۔ انہیں دیکھ کر مجھے جھرجھری سی محسوس ہونے لگی۔

شمی درزی سے کہہ رہی تھی۔ ''میرا ایک لباس سی دو گے؟'' درزی نے پہلی دفعہ نظر اُٹھا کر ہم دونوں کو دیکھا۔ شاید سوچ رہا تھا کہ ضرورت مند کون ہے۔ اُس وقت میں نے دیکھا کہ درزی کا رنگ دودھ کی طرح سفید تھا۔ وہ ایک درمیانہ قد کا ادھیڑ عمر کا آدمی تھا۔ غور سے دیکھنے کے بعد مجھے یوں محسوس ہوا کہ اُس کی آنکھوں کا رنگ بھی سفید ہے۔ سیاہی کہیں نام کو نظر نہ آئی۔ یا شاید شاید سڑک کی مدھم روشنی میں مجھے اُس کی آنکھ کی سیاہی نظر نہ آئی ہو۔ وہ مجھے اپنی سفید رنگت اور سفید آنکھوں کی وجہ سے انتہائی خوفناک لگا۔ لیکن میں شمی سے اُس کے متعلق کچھ کہنا نہیں چاہتی تھی۔ کیونکہ وہ اُس وقت خلاف توقع درزی کے دستیاب ہونے پر بے حد خوش نظر آرہی تھی۔ اُس نے غالباً درزی کو غور سے دیکھا ہی نہیں تھا۔ درزی کا لباس بھی مجھے اچھا نہ لگا۔ ایک سفید رنگ کی عبا پہن رکھی تھی جو رات کی پُراسرار ہواؤں میں متحرک تھی۔

شمی کہنے لگی۔ ''مگر یہ مقام تو کپڑے دکھانے اور ناپ دینے کا نہیں۔ میرے گھر آجاؤ۔''

''بس..... مجھے آنا ہی پڑے گا۔ درزی نے اپنی دھیمی آواز میں کہا۔ جانے کیوں..... مجھے اس کے یہ الفاظ اور آواز بھی مایوس اور ناگوار سی لگی۔ بھلا اُسے کیا مجبوری تھی کہ اُسے آنا ہی پڑے گا؟ کوئی چور یا ڈاکو یا جاسوس تو نہیں؟ میں سوچنے لگی۔ لیکن شمی ان ساری باتوں کو نظر انداز کر رہی تھی، اور خوش تھی۔ کیوں کہ اُسے بمشکل ایک درزی دستیاب ہوا تھا۔

''گھر کا پتہ لکھ دوں؟'' وہ اپنا دستی بٹوہ کھولنے لگی تا کہ کاغذ اور پنسل نکالے

''اس کی ضرورت نہیں۔'' درزی کی آواز بہت مدھم پڑ گئی تھی۔ اُس کا یہ جواب سن کر میں اور بھی بدگمان ہو گئی کہ ضرور یہ کوئی مشکوک آدمی ہے۔

شمی کو بھی شاید کچھ تعجب ہوا پوچھنے لگی۔ ''تو پھر پہنچو گے کیسے؟''

''جہاں پہنچنا ہوتا ہے پہنچ جاتا ہوں۔'' درزی کا یہ جواب بھی مجھے ناگوار گزرا۔ اور میرے شبہات یقین کے درجے پر جا پہنچے۔

''کب آؤ گے؟'' شمی نے سوال کیا۔

''کل۔''

''کس وقت؟''

''اسی وقت۔''

شمی حیران ہو کر کہنے لگی۔ ''اس وقت؟..... مگر اس وقت تو رات کے دو بج رہے ہیں''

''اس سے پہلے مجھے فرصت نہیں۔ اور یہی وقت ہے۔'' یہ کہتے کہتے ہوئے وہ یوسی ایچ کے گیٹ کی طرف چلا گیا۔

میں پریشان ہو کر بولی۔ ''تم نے اچھا نہیں کیا شب۔ جانے وہ کون تھا!

''درزی تھا اور کون ہوتا؟ شمی چیں بجبیں ہو کر بولی، پھر کہنے لگی۔ ''اس کی بغل میں کپڑوں کی گٹھری دیکھتے ہی میں سمجھ گئی تھی کہ درزی ہے۔''

''لیکن تم نے وہ کپڑے بھی دیکھے جو گٹھری کے باہر لٹک رہے تھے؟'' میں نے کار چلاتے چلاتے پوچھا۔

''ہیں تو........ کیوں کیا بات تھی کپڑوں پر روحی؟'' وہ پوچھنے لگی۔

''سفید رنگ کے لمبے لمبے سے تھے اور اندھری رات میں مجھے سفید کپڑا بُرا لگتا ہے شمی۔'' میں نے کہا۔

وہ ذرا بُرا مان کر کہنے لگی۔ ''توبہ روحی۔ تمہاری نازک مزاجیوں نے آفت ڈھا رکھی ہے۔ تم کو تو متاثر ہونے کا بہانہ چاہئے۔ موسیقی، شعر رنگ کے سوا تم کو کوئی چیز ہی پسند نہیں آتی۔''

''اتنا مبالغہ نہ کرو شمی، مجھے اس کائنات کا سارا حسن پسند ہے۔'' یہ کہہ کر میں چپ ہو گئی۔

اچانک کسی درخت پر رات کا ایشیائی پرند بول پڑا۔ ''قو۔ قو۔ قو'' اس کے ساتھ ہی میں نے

کار کی رفتار تیز کردی۔ رات کے سناٹے میں میرے لئے اس کی یہ نامانوس پکارنا قابلِ برداشت تھی۔

وہ ایک بے حد ویران اور اندھیری ایشیائی رات تھی۔ اندرون شہر آنے والی عید کی تیاریاں اور ہنگامے تھے۔ مگر شہر سے باہر گلبرگ حسبِ معمول خاموش اور کچھ زیادہ ہی پُرسکون تھا۔ آسمان پر تارے بھی مجھے دم بخود معلوم ہو رہے تھے اور ہوا بھی تھم تھم کر چلتی تھی۔ ہم گھر کی طرف جا رہی تھیں۔ مجھے جیسے سانپ سونگھ گیا تھا۔ بالکل خاموش تھی۔

''اب اتنی چپ کیوں ہوگئی ہو روحی؟ تمہیں تو ہر موضوع پر بات کرنے یا کوئی شعر سنانے کا مرض ہے۔ خدا کے لئے کوئی بات کرو۔ ہول آ رہا ہے۔ تمہاری خاموشی اور رات کے سناٹے سے'' شمی نے بے زار بلکہ قدرے خفا ہو کر کہا۔

میں بولی۔ ''ایک بات کہوں شمی؟''

''کہو کہو۔'' شمی نے کہا۔

میں کہنے لگی۔ ''جو تمہارا درزی تھا نا...... اس کی آنکھیں دوددھ کی طرح سفید تھیں۔ مجھے تو اس کی آنکھوں کی سیاہی کہیں نظر نہیں آئی۔ وہ تمہارے کپڑے کیونکر سئے گا؟''

شمی ذرا پریشان ہوگئی کہنے لگی۔ ''کیا واقعی؟ میں نے خود ہی پیش کیا۔ خیر یہ اس کی ذمہ داری ہے۔''

''مگر اس کی آنکھیں؟'' میں نے سوال کیا۔

شمی اچانک خوف زدہ ہو کر کہنے لگی۔ ''کیا واقعی اُس کی آنکھیں ایسی تھیں جیسے تم کہہ رہی ہو؟''

''ہاں......'' میں نے کہا۔ ''کم از کم میں نے سیاہی نہیں دیکھی۔'' یہ کہتے ہوئے مجھ پر ایک ذہنی انتشار سا طاری ہوگیا۔ ویسے بھی میں ایک بزدل عورت ہوں۔ جس چیز سے ڈرنا چاہئے اس سے نہیں ڈرتی جس سے نہیں ڈرنا چاہئے اس سے خوف زدہ ہو جاتی ہوں۔

گھر پہنچتے ہی میری بوڑھی حبشن خادمہ زدناش بڑبڑانے لگی۔ حسبِ عادت ناخوشی کے لہجے میں بولی۔ ''رات گزر چکی ہے خاتون روحی۔ اور آپ دونوں درزی کی تلاش میں نکلی نکلی اب گھر پہنچی ہیں۔ کافی پئیں گی کہ چائے؟''

''کافی.....'' میں نے کہا

''درزی مل گیا تھا خاتون شمی؟'' زوناش نے پوچھا۔

''ہاں مل گیا تھا زوناش۔'' شمی نے خوش ہو کر کہا۔ پھر کہنے لگی۔'' دیکھو وہ کل رات دو بے آئے گا خیال رکھنا۔''

زوناش یہ سن کر متوحش سی ہو گئی۔ ویسے بھی بات بات پر دعائیہ انداز میں آئتیں پڑھنا اس کی عادت تھی۔ ایک عربی دعا پڑھتے ہوئے پوچھنے لگی۔

''دو بجے رات بی بی؟''

''ہاں ہاں کل دو بجے رات۔ اس کے پاس وقت نہیں ہے۔ گھنٹی کی آواز سنتے ہی دروازہ کھول دینا۔'' شمی نے تاکید کی۔

زوناش خوف زدہ ہو گئی۔ کوئی جواب نہ دیا۔ دوسرا دن نکل آیا اور اپنے وقت پر ختم ہو گیا۔ سورج حسب معمول محوِ خواب ہو گیا اور اندھری رات بیتنے لگی۔

رات کے کوئی ڈیڑھ بجے کے قریب شمی نے اچانک خوابگاہ کا دروازہ کھولا اور آواز دی۔

''زوناش زوناش! میرے سر میں درد ہو رہا ہے'' لہٰسپرو'' کی گولی دو اور تم ذرا میرے پاس آ بیٹھو اور سر دبا دو۔''

''بہت اچھا بی بی۔'' یہ کہتے ہوئے وہ شمی کے کمرے میں چلی گئی۔ ذرا دیر کے بعد اس نے میری خواب گاہ کا دروازہ کھٹکھٹایا۔ وہ بدحواس سی ہو رہی تھی کہنے لگی۔

''خاتون شمی کے سر میں درد ہو رہا ہے، مجھے تو ان کی حالت......!''

گھڑیال نے ٹن ٹن دو بجائے۔ باہر کے صدر دروازے کی گھنٹی بجی۔ میں ڈرتے ڈرتے جا کر دروازہ کھول دیا۔

وہاں درزی کھڑا تھا۔

''میں کفن سینے آیا ہوں۔''

☆☆

عصمت چغتائی

دو ہاتھ

رام اوتار لام پر سے واپس آرہا تھا۔ بوڑھی مہترانی ابا میاں سے چھٹی پڑھوانے آئی تھی۔ رام اوتار کو چھٹی مل گئی۔ جنگ ختم ہوگئی تھی۔ نا! اس لئے رام اوتار تین سال بعد واپس آرہا تھا۔ بوڑھی مہترانی کی چیپڑ بھری آنکھوں میں آنسو ٹمٹا رہے تھے، مارے شکر گذاری کے وہ دوڑ دوڑ کر سب کے پاؤں چھو رہی تھی۔ جیسے ان پیروں کے مالکوں نے ہی اس کا اکلوتا پوت لام سے زندہ سلامت منگوا لیا۔

بڑھیا پچاس برس کی ہوگی، پر ستر کی معلوم ہوتی تھی۔ دس بارہ کچے پکے بچے جنے۔ ان میں سے بس رام اوتر وا بڑی منتوں، مُرادوں سے جیا تھا۔ ابھی اس کی شادی رچائے سال بھر بھی نہیں بیتا تھا کہ رام اوتار کی پکار آگئی۔ مہترانی نے بہت واویلا مچائی۔ مگر کچھ نہ چلی اور جب رام اوتار وردی پہن کر آخری بار اُس کے پیر چھونے آیا تو اُس کی شان و شوکت سے بے انتہا مرعوب ہوئے۔ جیسے وہ کرنل ہی تو ہو گیا تھا۔

شاگرد پیشے میں نوکر مسکرا رہے تھے۔ رام اوتار کے آنے کے بعد جو ڈرامہ ہونے کی امید تھی سب اسی پر آس لگائے بیٹھے تھے حالانکہ رام اوتار لام پر توپ، بندوق چھوڑنے نہیں گیا تھا۔ پھر بھی سپاہیوں کا میلا اٹھاتے اٹھاتے اُسمیں کچھ سپاہیانہ آن بان اور اکڑ پیدا ہوگئی ہوگی۔ بھوری وردی ڈانٹ کر وہ پرانا رام اوتر وا واقعی نہ رہا ہوگا۔ ناممکن ہے وہ گوری کے کرتوت سنے اور اُس کا جوان خون ہتک سے کھول نہ اٹھے۔

بیاہ کر آئی ہے تو کیا مسمسی تھی گوری۔ جب تک رام اوتار رہا اُس کا گھونگھٹ فٹ بھر لمبا رہا اور کسی نے اُس کے رُخ پرنور کا جلوہ نہ دیکھا۔ جب خصم گیا تو کیا بلک بلک کر روئی تھی۔ جیسے اُسکی

مانگ کی سیندور ہمیشہ کے لئے اُڑ رہا ہو۔ تھوڑے دن روئی روئی آنکھیں لئے۔ سر جھکائے میلے کی ٹوکری ڈھوتی پھری۔ پھر آہستہ آہستہ اس کے گھونگھٹ کی لمبائی کم ہونے لگی۔

کچھ لوگوں کا خیال ہے یہ سارا بسنت رت کا دھرا ہے۔ کچھ صاف گو کہتے تھے۔ گوری تھی ہی چھنال۔ رام اوتار کے جاتے ہی قیامت ہوگئی۔ کمبخت ہر وقت ہی ہی، ہر وقت اٹھلانا۔ کمر پر میلے کی ٹوکری لے کر کانسے کے کڑے چھنکاتی جدھر سے نکل جاتی، باورچی کی نظر توے پر سلگتی ہوئی روٹی سے اُچٹ جاتی۔ بہشتی کا ڈول کنویں میں ڈوبتا ہی چلا جاتا۔ چپراسیوں تک کی بلا لگی پگڑیاں ڈھیلی ہو کر گردن میں جھولنے لگیں۔ اور جب یہ سراپا قیامت گھونگھٹ میں سے بان پھینکتی گزر جاتی تو پورا شاگرد پیشہ ایک بے جان لاش کی طرح سکتہ میں رہ جاتا۔ پھر ایک دم چونک کر وہ ایکدوسرے کی دُرگت پر طعنہ زنی کرنے لگتے۔ دھوبن مارے غصّے کے کلف کی کونڈی لوٹ دیتی۔ چپراسن چھاتی سے چمٹے لونڈے کے بے بات دھمو کے جڑنے لگتی اور باورچی کی تیسری بیوی پر ہسٹریا کا دورہ پڑ جاتا۔

نام گوری تھی۔ پر کمبخت سیاہ بہت تھی۔ جیسے اُلٹے توے پر کسی پھوڑیا نے پراٹھے تل کر چمکتا ہوا چھوڑ دیا ہو۔ چھوٹی پھکنا سی ناک، پھیلا ہوا دہانہ، دانت مانجھنے کا سات پشت نے فیشن ہی چھوڑ دیا تھا۔ آنکھوں میں پلیوں کا جل تھوپنے کے بعد بھی دائیں آنکھ کا بھینگا پن او جھل نہ ہو سکا پھر بھی ٹیڑھی آنکھ سے نہ جانے کیسے زہر میں بجھے تیر پھینکتی تھی کہ نشانے پر بیٹھ ہی جاتے تھے۔ کمر بھی لچک دار نہ تھی۔ خاصی کٹھلا سی جدھر جاتی کڑوے تیل کی سڑانڈ چھوڑ جاتی۔ ہاں آواز میں بلا کی کوک تھی۔ تیج تیوہار پر لہک کر کجریاں گاتی تو اُس کی آواز سب سے اونچی لہراتی چڑھتی چلی جاتی۔

بڑھیا مہترانی، یعنی اس کے ساس بیٹے کے آتے ہی اس سے بے طرح بدگمان ہوگئی بیٹھے بٹھائے احتیاطاً گالیاں دے دیتی۔ اس پر نظر رکھنے کے لئے پیچھے پیچھے پھرتی۔ مگر بڑھیا اب ٹوٹ کر دو ہیں تھم گئی تھی۔ ہماری پرانی مہترانی تھی۔ ہم لوگوں کے آنول نال اُسی نے گاڑے تھے۔ جوں ہی اماں کے درد لگتے۔ مہترانی دہلیز پر آ کر بیٹھ جاتی اور بعض وقت لیڈی ڈاکٹر تک کو نہایت مفید ہدایتیں دیتی بلیات کو دفع کرنے کے لیے کچھ منتر تعویذ لا کر پٹی سے باندھ دیتی۔ مہترانی کی گھر

میں خاصی بزرگانہ حیثیت تھی۔

اتنی لاڈلی مہترانی کی بہو یکا یک لوگوں کی آنکھوں میں کانٹا بن گئی۔۔ چپراسن اور باورچن کی تو بات اور تھی۔ ہماری اچھی بھلی بھاوجوں کا ماتھا اُسے اٹھلاتے دیکھ کر ٹھنک جاتا۔ اگر وہ اس کمرے میں جھاڑو دینے جاتی جس میں اس کے میاں ہوتے تو وہ ہڑبڑا کر دودھ پیتے بچے کے مُنہ سے چھاتی چھین کر بھاگتیں کہ کہیں وہ ڈائن اُن کے شوہروں پر ٹونا ٹوٹکا نہ کر رہی ہو۔

گوری کیا تھی بس ایک مرکھنا لمبے لمبے سینگوں والا بجار تھا کہ چھوٹا پھرتا تھا۔ لوگ اپنے کانچ کے برتن بھانڈے دونوں ہاتھوں سے سمیٹ کر کلیجے سے لگاتے اور جب حالات نے نازک صورت پکڑی تو شاگرد پیشے کی مہیلاؤں کا ایک باقاعدہ وفد ماں کے دربار میں حاضر ہوا۔ بڑے زور شور سے خطرہ اور اس کے خوفناک نتائج پر بحث ہوئی۔ پتی رکھشا کی ایک کمیٹی بنائی گئی۔ جس میں سب بھاوجوں نے شدو مد سے ووٹ دیئے اور اماں کو صدرِ اعزازی کا عہدہ سونپا گیا، ساری خواتین حسبِ مراتب زمین، پیڑھیوں اور پلنگ کی ادوائن پر بیٹھیں۔ پان کے ٹکڑے تقسیم ہوئے اور بڑھیا کو بلایا گیا۔ نہایت اطمینان سے بچوں کے منہ میں دودھ دے کر سبھا میں خاموشی قائم کی گئی۔ اور مقدمہ پیش ہوا۔

"کیوں ری چڑیل، تو نے بہو قطامہ کو چھوٹ دے رکھی ہے کہ ہماری چھاتیوں پہ کودوں دلے۔ ارادہ کیا ہے تیرا۔ کیا مُنہ کالا کرائے گی؟"

مہترانی تو بھری ہی بیٹھی تھی۔ پھوٹ پڑی۔ "کیا کروں بیگم صاحب حرام کھور کو چار چوٹ کی مار بھی دیتی تو۔ روٹی بھی کھانے کو نا دیتی۔ پر رانڈ میرے تو بس کی نہیں۔"

"ارے روٹی کی کمی ہے اُسے۔" باورچن نے اینٹا پھینکا۔ سہارنپور کی خاندانی باورچن اور پھر تیسری بیوی ___ کیا تیہا تھا کہ اللہ کی پناہ! پھر چپراسن نائن اور دھوبن نے مقدمہ کو اور سنگین بنا دیا۔ بیچاری مہترانی بیٹھی سب کی لتاڑ سنتی اور اپنی خارش زدہ پنڈلیاں کھجلاتی رہی۔

بیگم صاحب آپ جیسی بتاؤ ویسے کرنے سے موئے نا تھوڑے نی۔ پر کا کروں کا رانڈ کا ٹینٹوا دبائے دوں۔" ٹینٹوا دبنے کے حسین خیال سے مہیلاؤں میں مسرت کی ایک لہر دوڑ گئی اور سب کو بڑھیا سے بے

انتہا ہمدردی پیدا ہوگئی۔

اماں نے رائے دی ___ ''موئی کو میکے پھنکوادے۔''

''اے بیگم صاحب' کہیں ایسا ہو سکے ہے؟'' مہترانی نے بتایا کہ بہو مفت ہاتھ نہیں آئی ہے۔ ساری عمر کی کمائی پورے دو سو جھونکے ہیں تب منڈی ہاتھ آئی ہے۔ اتنے پیسوں میں دو گائیں آجاتیں اور مزے سے بھر کلسی دودھ دیتیں۔ پر یہ رانڈ تو دولتیاں ہی دیتی ہے۔ اگر اسے میکے بھیج دیا گیا تو اس کا باپ اسے فوراً دوسرے مہتر کے ہاتھ بیچ دے گا۔ بہو صرف بیٹے کے بستر کی زینت ہی تو نہیں، دو ہاتھوں والی ہے چار آدمیوں کا کام نپٹاتی ہے۔ رام اوتار کے جانے کے بعد بڑھیا سے اتنا کام کیا سنبھلتا۔ یہ بڑھاپا تو اب بہو کے دو ہاتھوں کے صدقے میں بیت رہا ہے۔

مہیلائیں کوئی ناسمجھ نہ تھیں۔ معاملہ اخلاقیات سے ہٹ کر اقتصادیات پر آ گیا تھا۔ واقعی بہو کا وجود بڑھیا کے لئے لازمی تھا۔ دو سو روپے کا مال کس کا دل ہے کہ پھینک دے۔ ان دو سو کے علاوہ بیاہ پر جو بیسے لے کر خرچ کیا تھا، ججمان کھلائے تھے۔ برادری کو راضی کیا تھا۔ یہ سارا خرچ کہاں سے آئے گا۔ رام اوتار کو جو تنخواہ ملتی تھی۔ وہ ساری اُدھار میں ڈوب جاتی تھی۔ ایسی موٹی تازی بہو اب تو چار سو سے کم میں نہ ملے گی، پوری کوٹھی کی صفائی کے بعد اور آس پاس کی چار کوٹھیاں نپٹاتی ہے۔ رانڈ کام میں چوکس ہے ویسے۔

پھر بھی اماں نے الٹی میٹم دیدیا کہ۔ ''اگر اس لچی کا جلد از جلد کوئی انتظام نہ کیا گیا تو کوٹھی کے احاطہ میں نہیں رہنے دیا جائے گا۔''

بڑھیا نے بہت واویلا مچائی۔ اور جا کر بہو کو منہ بھر بھر کر گالیاں دیں۔ جھونٹے پکڑ کر مارا پیٹا بھی۔ بہو اس کی زر خرید تھی۔ پٹتی رہی، بڑبڑاتی ہی اور دوسرے دن انتقاماً سارے محلے کی دھجیاں بکھیر دیں۔ باورچی، بہشتی، دھوبی اور چپراسیوں نے تو اپنی بیویوں کی مرمت کی۔ یہاں تک بہو کے معاملہ پر میری مہذب بھابیوں اور شریف بھائیوں میں بھی کھٹ پٹ ہوگئی۔ اور بھابیوں کے میکے تار جانے لگے۔ غرض وہ ہرے بھرے خاندان کے لئے سُئی کا کانٹا بن گئی۔ مگر دو چار دن کے بعد بوڑھی مہترانی کے دیور کا لڑکا رتی رام اپنی تائی سے ملنے آیا۔ اور پھر وہیں رہ پڑا۔ وہ چار کوٹھیوں میں کام بڑھ گیا تھا سو بھی اُس نے سنبھال لیا۔ اپنے

گاؤں میں آوارہ ہی تو گھومتا تھا۔ اس کی بہو ابھی نابالغ تھی۔ اس لئے گونا نہیں ہوا تھا۔

رتی رام کے آتے ہی موسم ایک دم لوٹ پوٹ کر بالکل ہی بدل گیا۔ جیسے گھنگھور گھٹائیں ہوا کی جھونکوں کے ساتھ تتر بتر ہو گئیں۔ بہو کے قہقہے خاموش ہو گئے۔ کانسے کے کڑے گونگے ہوئے۔ اور جیسے غبارے سے ہوا نکل جائے تو وہ چپ چاپ جھولنے لگتا ہے۔ ایسے بہو کا گھونگھٹ جھولتے جھولتے نیچے کی طرف بڑھنے لگا۔ اب وہ بجائے بے نتھے بیل کے نہایت شرمیلی بہو بن گئی۔ جملہ میلاؤں نے اطمینان کا سانس لیا۔ اسٹاف کے مردے اُسے چھیڑتے بھی تو وہ چھوئی موئی کی طرح لجا جاتی اور زیادہ آنکھ دکھاتے تو وہ گھونگھٹ میں سے بھینگی آنکھ کو اور ترچھا کر کے رتی رام کی طرف دیکھتی جو فوراً باز و کھجلاتا سامنے آ کر ڈٹ جاتا۔ بڑھیا پُر سکون انداز میں دلیز پر بیٹھی ادھ کھلی آنکھوں سے یہ طربیہ ڈرامہ دیکھتی اور گڑ گڑی پیا کرتی۔ چاروں طرف ٹھنڈا ٹھنڈا سکون چھا گیا۔ جیسے پھوڑے کا مواد نکل گیا ہو۔

مگر اب کے بہو کے خلاف ایک نیا محاذ قائم ہو گیا۔ اور وہ عملے کی مرد جاتی پر مشتمل تھا۔ بات بے بات باورچی جو اُسے پراٹھے تل کر دیا کرتا تھا کونڈا صاف نہ کرنے پر گالیاں دینے لگا۔ دھوبی کو شکایت تھی کہ وہ کلف لگا کر کپڑے رسّی پر ڈالتا ہے۔ یہ حرامزادی خاک اُڑانے آ جاتی ہے۔ چپراسی مردانے دس دس مرتبہ جھاڑوں دلواتے پھر بھی وہاں کی غلاظت کا رونا روتے رہتے۔ بہشتی جو اس کے ہاتھ دھلانے کے لئے کئی مشکیں لئے تیار رہتا تھا، اب گھنٹوں صحن میں چھڑکاؤ کرنے کو کہتا۔ مگر ٹالتا رہتا تھا کہ وہ سوکھی زمین پر جھاڑو دے تو چپراسی گرد اُڑانے کے جرم میں اسے گالیاں دے سکے۔

مگر بہو سر جھکائے سب کی ڈانٹ پھٹکار ایک کان سے سنتی دوسرے کان سے اُڑا دیتی۔ نہ جانے ساس سے کیا جا کر کہہ دیتی کہ وہ کائیں کائیں کر کے سب کا بھیجا کھانے لگتی۔ اب اس کی نظر میں بہو نہایت پارسا اور نیک ہو چکی تھی۔

پھر ایک دن داڑھی والے داروغہ جو تمام نوکروں کے سردار تھے اور ابا کے خاص مشیر سمجھے جاتے تھے۔ ابا کے حضور میں دست بستہ حاضر ہوئے۔ اور اس بھیانک بدمعاشی اور غلاظت کا رونا

رونے لگے جو بہو اور رتی رام کے ناجائز تعلقات سے سارے شاگرد پیشے کو گندہ کر رہی تھی۔ ابا نے معاملہ سیشن سپرد کردیا۔ یعنی اماں کو پکڑا دیا۔ مہیلاؤں کی سبھا پھر سے جُڑی اور بڑھیا کو بلا کر اُس کے لتے لئے گئے۔

مہترانی نے ایسے چندھرا کر دیکھا جیسے کچھ نہیں سمجھتی غریب کہ کس کا ذکر ہورہا ہے، اور جب اُسے صاف بتایا گیا کہ چشم دید گواہوں کا کہنا ہے کہ بہو اور رتی رام کے تعلقات نازیبا حد تک خراب ہو چکے ہیں۔ دونوں بہت ہی قابلِ اعتراض حالتوں میں پکڑے گئے ہیں تو اس پر بڑھیا بجائے اپنی بہتری چاہنے والوں کا شکر یہ ادا کرنے کے بہت چراغ پا ہوئی۔ اور واویلا مچانے لگی کہ رام اوترا ہوتا تو ان لوگوں کی خبر لیتا جو اس کی معصوم بہو پر تہمت لگاتے ہیں۔ بہو نگوڑی تو اب چُپ چاپ رام اوتار کی یاد میں آنسو بہایا کرتی ہے۔ کام کاج بھی جان توڑ کرتی ہے۔ کسی کو شکایت نہیں ہوتی ٹھٹول بھی نہیں کرتی۔ لوگ اس کے ناحق دشمن ہو گئے ہیں۔ بہت سمجھایا مگر وہ ماتم کرنے لگی کے ساری دنیا اُس کی جان کی لاگو ہوگئی ہے۔ آخر بڑھیا اور اُس کی معصوم بہو نے لوگوں کا کیا بگاڑا ہے۔ وہ تو کسی کے لینے میں نہ دینے میں۔ وہ تو سب کی راز دار ہے۔ آج تک اُس نے کسی کا بھانڈا نہیں پھوڑا۔ اُسے کیا ضرورت جو کسی کے پھٹے میں پیر اڑاتی پھرے۔ کوٹھیوں کے پچھواڑے کیا نہیں ہوتا؟ مہترانی سے کسی کا میلا نہیں چھپتا۔ ان بوڑھے ہاتھوں نے بڑے بڑے لوگوں کے گناہ دفن کئے ہیں۔ یہ دو ہاتھ چاہیں تو رانیوں کے تخت اُلٹ دیں۔ پر نہیں۔ اُسے کسی سے بغض نہیں۔ اگر اس کے گلے پر چھری دبائی گئی تو شاید غلطی ہو جائے ویسے وہ کسی کے راز اپنے بوڑھے کلیجے سے باہر نہیں نکلنے دے گی۔

اس کا تیہا دیکھ کر فوراً چھری دبانے والوں کے ہاتھ ڈھیلے پڑ گئے۔ ساری مہیلائیں اُس کو پچ کرنے لگیں۔ بہو کچھ بھی کرتی تھی اُن کے اپنے قلعے تو محفوظ تھے۔ تو پھر شکایت کیسی؟ پھر کچھ دن کے لئے بہو کے عشق کا چرچا کم ہونے لگا۔ لوگ کچھ بھولنے لگے۔ مگر تاڑنے والوں نے تاڑ لیا کہ کچھ دال میں کالا ہے۔ بہو کا بھاری بھرکم جسم بھی دال کے کالے کو زیادہ دن نہ چھپا سکا۔ اور لوگ

شد و مد سے بڑھیا کو سمجھانے لگے۔ مگر اس نئے موضوع پر بڑھیا بالکل اڑن گھائیاں بتانے لگی۔ بالکل ایسی بن جاتی جیسے ایک دم اونچا سننے لگی ہے۔ اب وہ زیادہ تر کھاٹ پر لیٹی بہو اور رتی رام حکم چلایا کرتی۔ کبھی کھانستی چھینکتی باہر دھوپ میں آ بیٹھتی تو وہ دونوں اُس کی ایسی دیکھ دیکھ کرتے جیسے وہ کوئی پٹ رانی ہو۔

بھلی بیویوں نے اُسے بہت سمجھایا۔ رتی رام کا منہ کالا کر۔ اور اس سے پہلے کہ رام اوتار لوٹ کر آئے بہو کا علاج کروا ڈال۔ وہ خود اس فن میں ماہر تھی۔ دو دن میں صفائی ہو سکتی ہے۔ مگر بُڑھیا نے کچھ سمجھ کر ہی نہ دیا۔ بالکل ادھر ادھر کی شکائتیں کرنے لگی کہ اُس کے گھٹنوں میں پہلے سے زیادہ اینٹھن ہوتی ہے۔ نیز کوٹھیوں میں لوگ بہت ہی زیادہ بادی چیزیں کھانے لگے ہیں۔ کسی نہ کسی کوٹھی میں دست لگے ہی رہتے ہیں۔ اس کی ٹال مٹول پر ناصحین جل کر مرنڈ ہو گئے۔ مانا کہ بہو عورت ذات ہے، نادان ہے، بھولی ہے ــــــ بڑی بڑی شریف زادیوں سے خطا ہو جاتی ہے۔ لیکن اُن کی اعلیٰ خاندان کی معزز ساسیں یوں کان میں تیل ڈال کر نہیں بیٹھ جاتیں۔ پر نہ جانے یہ بڑھیاں کیوں سٹھیا گئی تھی۔ جس بلا کو وہ بڑی آسانی کوٹھی کے پچھواڑے کی تہہ میں دفن کر سکتی تھی اُسے آنکھیں میچے پلنے دے رہی تھی۔

رام اوتروا کے آنے کا انتظار تھا۔ ہر وقت دھمکیاں تو دیتی رہتی تھی۔

”آن دے رام' اوتروا کا۔ کہاں گی۔ توری ہڈی پسلی ایک کر دیہئے ــــــ“ اور اب رام اوتروالام سے زندہ واپس آ رہا تھا۔ فضا نے سانس روک لی تھی۔ لوگ ایک مہیب ہنگامے کے منتظر تھے۔

مگر لوگوں کو سخت کوفت ہوئی جب بہو نے لونڈا جنا۔ بجائے اُسے زہر دینے کے بڑھیا کی مارے خوشی کے باچھیں کھل گئیں۔ رام اوتار کے جانے کے دو سال بعد پوتا ہونے پر قطعی متعجب نہ تھی۔ گھر گھر پھٹے پرانے کپڑے اور بدھائی سمیٹتی پھری۔ اس کا بھلا چاہنے والوں نے اُسے حساب لگا کر بہت سمجھایا کہ یہ لونڈا رام اوتار کا ہو ہی نہیں سکتا۔ مگر بڑھیا نے قطعی سمجھ کر نہ دیا۔ اُس

کا کہنا تھا' اساڑھ میں رام اوتار لام پر گیا۔ جب بڑھیا پہلی کوٹھی کے نئے انگریزی وضع کے سنڈاس میں گر پڑی تھی اب چیت لگ رہا ہے اور جیٹھ کے مہینے میں بڑھیا کو لُو لگی تھی مگر بال بال بچ گئی تھی۔ جبھی سے اس کے گھٹنوں کا درد بڑھ گیا ___ ''ویدجی پورے حرامی ہیں۔ دوا میں کھریا ملا کر دیتے ہیں۔'' اس کے بعد وہ بالکل اصل سوال سے ہٹ کر خیلاؤں کی طرح اول فول بکنے لگتی۔ کس کے دماغ میں اتنا بوتا تھا کہ وہ اس کے بعد وہ بات کائیاں بڑھیا کو سمجھاتا جسے نہ سمجھنے کا فیصلہ کر چکی تھی۔

لونڈا پیدا ہوا تو اُس نے رام اوتار کو چھٹی لکھوائی۔

''رام اوتار کو بعد چما پیار کے معلوم ہو کہ یہاں سب کشل ہیں اور تمہاری کشلتا بھگوان سے نیک چاہتے ہیں اور تمہارے گھر میں پوت پیدا ہوا ہے۔ سو اس خط کو تار سمجھو اور جلدی سے آجاؤ۔''

لوگ سمجھے تھے کہ رام اوتار ضرور چراغ پا ہوگا۔ مگر سب کی اُمیدوں پر اوس پڑ گئی جب رام اوتار کا مسرت سے لبریز خط آیا کہ وہ لونڈے کے لئے موزے اور بنیائن لا رہا ہے۔ جنگ ختم ہو گئی اور اب بس آنے ہی والا تھا۔ بڑھیا پوتے کو گھٹنے پر لٹائے کھاٹ پر بیٹھی راج کیا کرتی بھلا اس سے زیادہ حسین بڑھاپا کیا ہوگا کہ ساری کوٹھیوں کا کام ٹُرت پھُرت ہو رہا ہو۔ مہاجن کا سود پابندی سے چک رہا ہو اور گھٹنے پر پوتا سو رہا ہو۔

خیر لوگوں نے سوچا، رام اوتار آئے گا، اصلیت معلوم ہوگی تب دیکھ لیا جائے گا۔ اور اب رام اوتار جنگ جیت کر آ رہا تھا۔ آخر سپاہی ہے، کیوں نہ خون کھولے گا۔ لوگوں کے دل دھڑک رہے تھے۔ شاگرد پیشے کی فضا جو بہو کی تو تا چشمی کی وجہ سے سو گئی تھی، دو چار خون ہونے اور ناکیں کٹنے کی آس میں جاگ اٹھی۔

لونڈا سال بھر کا ہوگا جب رام اوتار لوٹا۔ شاگرد پیشے میں کھلبلی مچ گئی۔ باورچی نے ہانڈی میں ڈھیر سا پانی جھونک دیا تا کہ اطمینان سے مچیٹے کا لطف اٹھائے۔ دھوبی نے کلف کا برتن اتار کو منڈیر پر رکھ دیا اور بہشتی نے ڈول کنوئیں کے پاس پٹک دیا۔

رام اوتار کو دیکھتے ہی بڑھیا اُس کی کمر سے لپٹ کر چنگھاڑنے لگی۔ مگر دوسرے لمحے کھیسیں کاڑھے لونڈے کو رام اوتار کی گود میں دے کر ایسے ہنسنے لگی جیسے کبھی روئی ہی نہ ہو۔

رام اوتار لونڈے کو دیکھ کر ایسے شرمانے لگا جیسے وہی اس کا باپ ہو۔ جھٹ پٹ اُس نے صندوق کھول کر سامان نکالنا شروع کیا۔ لوگ سمجھے ٹھکری یا چاقوں نکال رہا ہے۔ مگر جب اس نے اس میں سے لال بنیائن اور پیلے موزے نکالے تو سارے عملے کی قوت مردانہ پر ضرب کاری لگی۔

ہت تری کی، سالا سپاہی بنتا ہے ہیجواز مانے بھر کا۔

اور بہو! مٹی سمٹائی جیسے جیسے نئی نویلی دلہن، کانسی کی تھالی میں پانی بھر کر رام اوتار کے بدبودار فوجی بوٹ اتارے اور چرن دھو کر پیئے۔

لوگوں نے رام اوتار کو سمجھایا۔ پھبتیاں کہیں، اُسے گاؤدی کہا۔ مگر وہ گاؤدی کی طرح کھیسیں کاڑھے ہنستا رہا۔ جیسے اس کی سمجھ میں نہ آرہا ہو، رتی رام کا گونا ہونے والا تھا، سو وہ چلا گیا۔

رام اوتار کی اس حرکت پر تعجب سے زیادہ لوگوں کو غصہ آیا۔ ہمارے ابا جو عام طور پر نوکروں کی باتوں میں دلچسپی نہیں لیا کرتے تھے وہ بھی جز بز ہو گئے۔ اپنی ساری قانون دانی کا داؤ لگا کر رام اوتار کو قائل کرنے پر تُل گئے۔

''کیوں بے، تو تین سال بعد لوٹا نا؟''

''معلوم نہیں ہجور تھوڑا کم جیادہ..... اِتنا ہی رہا ہو گا۔''

''اور تیرا لونڈا سال بھر کا ہے۔''

''اِتنا ہی لگے ہے سرکار، پر بڑا بدماس ہے سسر۔'' رام اوتار شرمایا۔

''ابے تو حساب لگا لے۔''

''حساب؟..... کیا لگاؤں سرکار۔'' رام اوتار نے مرگھلی آواز میں کہا۔

''الو کے پٹھے یہ کیسے ہوا۔''

''اب جے میں جانوں سرکار..... بھگوان کی دین ہے۔''

''بھگوان کی دین تیرا سر........ یہ لونڈا تیرا نہیں ہو سکتا۔''

ابا نے اُسے چاروں اُور سے گھر کر قائل کرنا چاہا کہ لونڈا حرامی ہے۔ تو وہ کچھ کچھ قائل سا ہوگیا۔ پھر مری ہوئی آواز میں احمقوں کی طرح بولا۔

''تو اب کا کروں سرکار...... حرامجادی کو میں نے بڑی ماردی۔'' وہ غصّے سے پھر کر بولا۔

''ابے نرا اُلّو کا پٹھا ہے تو...... نکال باہر کیوں نہیں کرتا کمبخت کو۔''

''نہیں سرکار، کہیں ایسا ہوئے سکے ہے۔'' رام اوتار گھگھیانے لگا۔

''کیوں بے؟''

''حجور، ڈھائی تین سو پھر دوسری سگائی کے لئے کاں سے لاؤں گا اور برادری جمانے میں سو دو سو الگ اگر کھرچ ہو جائیں گے۔''

''کیوں بے، تجھے برادری کیوں کھلانی پڑے گی؟ بہو کی بدمعاشی کا تاوان تجھے کیوں بھگتنا پڑے گا؟''

''جے میں نہ جانوں سرکار یہ ہمارے میں ایسا ہووے ہے۔''

''مگر لونڈا تیرا نہیں رام اوتار..... اس حرامی رتی رام کا ہے۔'' ابا نے عاجز آکر سمجھایا۔

''تو کا ہوا سرکار..... میرا بھائی ہوتا ہے رتی رام۔ کوئی گیر نہیں، اپنا ہی کھون ہے۔''

''نرا اُلّو کا پٹھا ہے۔'' ابا بھنا اٹھے۔

''سرکار'' لونڈا بڑا ہو جاوے گا، اپنا کام سمیٹے گا۔'' رام اوتار نے گڑگڑا کر سمجھایا۔ ''وہ دو ہاتھ لگائے گا، سو اپنا بڑھاپا تیر ہو جائے گا۔'' ندامت سے رام اوتار کا سر جھک گیا۔

اور نہ جانے کیوں، ایک رام دم اوتار کے ساتھ ابا کا سر بھی جھک گیا۔ جیسے ان کے ذہن پر لاکھوں کروڑوں ہاتھ چھا گئے........ یہ ہاتھ حرامی ہیں نہ حلالی۔ یہ تو بس جیتے جاگتے ہاتھ ہیں جو دنیا کے چہرے سے غلاظت دھو رہے ہیں۔ اس کے بڑھاپے کا بوجھ اٹھا رہے ہیں۔

یہ ننھے ننّے مٹی میں لتھڑے ہوئے سیاہ ہاتھ دھرتی کی مانگ میں سیندور سجا رہے ہیں۔

☆☆